Le journal d'Eleanor Druse

Eleanor Druse

Le journal d'Eleanor Druse

Mon enquête sur l'incident du Kingdom Hospital

Traduit de l'américain par Valérie Malfoy

Albin Michel

AVANT-PROPOS

LETTRE DE MOTIVATION À STEPHEN KING

Cher monsieur King,

Si je vous écris, c'est que je sais, pour avoir lu vos œuvres, que vous croyez au monde des esprits, que vous avez, comme moi, eu une expérience de mort imminente et que nous sommes tous deux natifs du Maine.

Je m'appelle Eleanor Sarah Druse, Sally pour les intimes. J'ai soixante-quinze ans, étant née le 2 novembre 1928, jour des Morts, dans l'ancien Kingdom Hospital à Lewiston, État du Maine, où s'est déroulée presque toute mon existence. Bien qu'étant diplômée en psychologie expérimentale et professeur émérite en sciences noétiques et psychologie ésotérique à la faculté, je ne puis à ce stade écrire avec l'autorité et le détachement d'une scientifique travaillant dans un environnement contrôlé. Mon enquête sur les événements déconcertants autant que perturbants dont je fus le témoin au Kingdom Hospital manque jusqu'à présent de financement et dut être menée sur le terrain, où j'ai fait de mon mieux pour décrire les faits dans des circonstances non contrôlées, voire chaotiques.

Si je n'ai à ma disposition ni l'équipe ni le matériel idoines pour conduire une étude plus rigoureuse et définitive, je crois avoir rassemblé des preuves tangibles de ce que nous autres psychologues appelons une « présence sentie » au sein de l'hôpital. Je crois qu'il s'agit de l'esprit désemparé d'une enfant qui s'est manifesté à moi à maintes reprises (au cours de mon existence) et qui, pour des raisons encore inconnues, est incapable de passer au-delà de ce que le grand mystique suédois Emanuel Swedenborg a nommé le Premier État après la mort. J'ai l'intention de découvrir qui fut cette pauvre enfant, ce qui lui est arrivé et, si je le puis, de l'aider à trouver le repos éternel, mais à mes efforts s'opposent de puissants adversaires qui ont des droits acquis à protéger.

Bien que manquant de fonds pour mener l'indispensable enquête scientifique, j'ai tâché de rédiger ce compte-rendu avec l'objectivité et l'exactitude d'un journaliste circonspect et intègre. Lorsque cela se justifiait, j'ai également décrit mes impressions subjectives, car, comme vous le verrez, en de nombreuses occasions l'enfant ne s'est présentée qu'à moi. Je ne sais si elle m'a choisie comme médium et vaisseau de sa détresse, ou si sa souffrance est sans objet et sa voix ne m'est perceptible qu'en raison de mes dons de clairaudience.

Vous me pardonnerez de vous adresser de simples calepins,

mais je n'ai ni secrétaire ni assistant, et j'écris à la hâte dans la bousculade des événements. Si ces feuillets vous intéressent, monsieur King, et si vous avez une secrétaire ou une dactylo à votre disposition pour se charger de taper à la machine ces notes, je vous en serai infiniment reconnaissante. J'aimerais tant qu'un tapuscrit puisse être adressé à l'Association nationale pour l'enquête scientifique des faits déclarés comme paranormaux ou toute autre organisation qui encourage l'examen critique des cas de perception extrasensorielle, parapsychologie, précognition et psychokinésie.

Vous voudrez bien ne voir en ces pages qu'une introduction à ce qui sera un jour, je l'espère, une étude scientifique complète et un bilan des remarquables événements dont je fus le témoin avec d'autres au Kingdom Hospital entre le mois de décembre de l'an 2002 et aujourd'hui.

Monsieur King, j'ai soixante-quinze ans. Je suis toujours alerte et vigoureuse, mais j'ai aussi la déplaisante sensation que mon combat pour percer les raisons secrètes du pénible exil spirituel de cette fillette pourrait m'être fatal. S'il me fallait dépouiller cette enveloppe charnelle pour passer dans l'au-delà, merci de permettre à mes paroles de me survivre pour parler à ma place quand j'aurai quitté ce bas monde. J'inclus également un résumé de mon état de santé, car mon ennemi est un médecin dont l'arme de prédilection est le diagnostic.

S'il m'arrivait quelque chose, et si des recherches ultérieures prouvaient que l'esprit de cette petite est toujours abandonné, troublé et souffrant, alors, de grâce, trouvez quelqu'un capable de l'aider. Ainsi que vous le verrez dans les papiers ci-joints, elle n'est pas inaccessible et je crois qu'elle sera un jour en mesure de nous dire pourquoi elle ne peut reposer en paix.

Que Dieu nous protège.

Sincèrement vôtre, et avec toute mon admiration pour votre œuvre,

Eleanor Druse

TON ROYAUME VIENDRA

UN COUP DE FIL DU PASSÉ

Le treize décembre de l'an 2002, je fus tirée de mon sommeil à l'aube par un coup de téléphone. À cette heure-là, surtout à mon âge, les appels se réduisent souvent à rendre compte des activités de l'Ange de la Mort, quand il débarque à l'improviste chez mes vieux amis pour inscrire leurs noms dans la rubrique nécrologique. Je m'attendais à ce genre d'appels et fus surprise d'entendre la voix de mon fils.

Bobby est garçon de salle au Kingdom Hospital ici même, à Lewiston, dans le Maine. Il m'appelait du boulot et j'ai cru qu'il s'agissait d'un des patients de l'hospice auxquels je rends visite de temps en temps. Je travaille comme bénévole au service « Plein Soleil ». Je m'y rends une fois par semaine environ pour m'asseoir au chevet des mourants et les distraire un peu de leur solitude. Je leur tiens la main, prie avec eux et leur lis du Swedenborg ou du William Blake — tout ce qui est susceptible de les préparer au grand voyage. Si ce sont des curieux ou des spiritualistes, alors je ne me fais pas prier pour me rendre utile avec mes cristaux, mes cartes ou mes runes, ou même avec une séance de spiritisme s'ils ont hâte de communiquer avec un ami ou un parent.

Très exceptionnellement, il m'arrive de recevoir un appel du service la nuit, si le patient était un ami intime ou si j'avais sympathisé avec sa famille durant les visites. Mais là, j'ai senti qu'il s'agissait d'autre chose.

— Maman, pardon de te réveiller, mais il se passe un truc bizarre...

Bobby n'est pas un hyperactif et téléphoner à cette heure tenait, de sa part, de l'exploit. Au Moyen Âge, quand les médecins croyaient que notre tempérament était gouverné par les quatre humeurs cardinales — sang, bile noire, bile jaune et flegme — on l'aurait classé comme flegmatique. Aujourd'hui, on parlerait plutôt de trouble de l'intégration sensorielle ou de syndrome amotivationnel. C'est un bon garçon, mais un fainéant invétéré. Comme il n'a pas encore quarante ans, je guette des signes d'amélioration. Pour qu'il appelle à 2 h 57 par une nuit d'hiver, il fallait qu'il se soit passé une chose vraiment étrange.

— Qu'y a-t-il, Bobby ? Tu es à l'hôpital ?

— Maman, on a une tentative de suicide ici. Madeline Kruger. Je crois qu'on connaît la famille. Complètement gaga... Elle ne sait plus ce qu'elle fait, qui elle est, où elle habite. Quand les infirmières lui ont demandé qui était le président actuel, elle a dit : Franklin Delano Roosevelt. Elle se croit en 1939...

— Madeline Kruger ?

Un froid glacial investit mon plexus solaire pour se communiquer à mes membres, porté par une vague de chair de poule. Je frissonnai et retins ma respiration. Ma réaction viscérale devait être causée par la nature de l'appel. Un suicide manqué ? Je connaissais Madeline Kruger (née Jensen) depuis l'enfance — nous avions le même âge — mais je n'avais pas eu de ses nouvelles depuis une vingtaine d'années... hé, une trentaine, au moins ! Lloyd Kruger avait filé en ne lui laissant que son nom et trois gosses, jadis — à peu près à l'époque où mon propre mari m'avait plaquée.

— Que lui est-il arrivé ? C'est elle qui t'a demandé de m'appeler ?

— C'est encore plus bizarre, m'man. Elle n'arrête pas de prononcer ton nom. Et Sally-ceci, et Sally-cela. Et lorsque les infirmières lui ont demandé : « Qui est Sally ? », elle a dit : « Ben, la petite Sally, bien sûr ! »

J'ai senti ce froid grandir en moi et je me suis efforcée de comprendre pourquoi, au nom du ciel, Madeline Kruger se mettait soudain à invoquer mon nom, alors que la dernière fois où nous avions échangé une blague, c'était presque trente ans plus tôt, devant un étal de fruits et légumes, et pourquoi juste après avoir tenté de se suicider ? Assise dans mon lit, j'ai tenté de m'éclaircir les idées, car je me sentais sur le point de me rappeler quelque chose qu'elle m'avait dit, une terrible confession sur laquelle elle m'avait fait jurer le secret quand nous étions enfants. Peut-être l'avais-je oubliée exprès, pour ne pas avoir à la trahir...

— Elle est toujours dans les vapes, m'man... le gaz et les cachets. On n'arrive pas à joindre sa famille...

— Elle a besoin de moi, alors ?

— L'autre chose, c'est... qu'elle a laissé un mot. Une lettre.

J'étais complètement gelée et je me suis remise à frissonner.

— On y parle de toi, m'man.

— Qu'est-ce que ça dit ?

— Ils n'ont pas voulu me la montrer. Je sais juste que tu es citée. On m'a demandé de t'appeler, car elle parle toujours de toi. « Il faut dire à Sally Druse que la petite fille est encore ici, ou que la petite fille revient. » Tu es sûre que tu n'as pas travaillé avec Mme Kruger au service « Plein Soleil » ? Tu ne lui aurais pas dit la bonne aventure ? Jeté un sort ?

— Bobby, je ne jette pas de sort, et je n'ai pas parlé à Madeline Kruger depuis trente ans. Mais j'ai bien envie d'aller la voir tout de suite.

— Regarde par la fenêtre. Il est tombé soixante centimètres de neige depuis hier. Reste à la maison. Ne sors pas. Allume le poste et le bulletin météo te dira pareil.

D'après lui, les ruelles étaient bloquées par les congères et les artères verglacées. Je ne devais donc, en aucun cas, tenter d'aller à l'hôpital. Trop dangereux. Mme Kruger avait subi un lavage d'estomac et ne serait pas en état de recevoir de la visite avant le matin, heure à laquelle il me promettait de venir me chercher lui-même avec sa camionnette.

Je lui répondis qu'il avait absolument raison, que je ne me risquerais pas à sortir et attendrais son retour. Après quoi, j'ai raccroché avant d'aller au garage démarrer ma vieille Volvo et de me rendre à l'hôpital afin d'assister cette pauvre Madeline dans les heures les plus noires de sa vie. Bobby est un lourdaud quand il s'agit de ces questions ; a-t-il vraiment cru que je pourrais me rendormir après avoir appris qu'une amie d'enfance était seule au monde, enfermée dans un service psychiatrique et toujours tourmentée par les démons qui l'avaient poussée à se supprimer ?

C'était la pleine lune en cette lugubre nuit de décembre et les routes ressemblaient à des pistes de bobsleigh ; la neige accumulée sur les côtés formait un demi-tunnel hors duquel on ne distinguait rien. Je fis du 2 km/heure pendant tout le trajet, me sentant coupable de n'avoir rien fait pour Madeline pendant ce dernier tiers de siècle et rassemblant mes souvenirs sur elle.

Enfants, nous avions été très liées et on s'était retrouvées à l'hôpital à l'âge de dix ou onze ans. Les médecins disaient que c'était la coqueluche, mais ma mère accusait la rivière Androscoggin qui, en ce temps-là, servait d'égout aux eaux polluées de la papeterie, dont on disait que les émanations écaillaient le crépi des maisons et brûlaient les poumons des enfants. « C'est l'odeur de l'argent », disaient les gens. En tout cas, Madeline et moi avions manqué une semaine d'école, clouées au lit dans cette vieille bâtisse qui avait été réduite en cendres peu après notre séjour.

Ensuite, nos chemins s'étaient séparés. Madeline était

allée dans une institution religieuse ; moi au lycée local. Puis j'avais été admise à l'Université du Maine, à Orono, perdant complètement sa trace ; mais j'avais entendu dire plus tard qu'elle était devenue une véritable vedette à Vassar College — en philosophie ou théologie, si ma mémoire est bonne. Moi-même, j'avais étudié la parapsychologie et les phénomènes psi en Europe pendant cinq ans avant d'être nommée professeur ici, au Faust College, dans le département de psychologie. Madeline était également retournée chez nous, mais n'avait apparemment pas souhaité enseigner. Elle était restée à la maison pour s'occuper de ses enfants. J'avais entendu dire qu'elle travaillait à un roman et qu'un ou deux de ses textes avaient paru dans des suppléments littéraires.

Je l'avais vue une ou deux fois aux alentours de la quarantaine, je crois. Nous avions compati à notre commune infortune d'avoir été répudiées par nos époux respectifs qui nous avaient préféré des modèles plus jeunes, nous laissant élever leurs rejetons. C'était une vieille et ennuyeuse histoire, même à l'époque. Moi, je n'avais eu que Bobby à élever quand Randall, mon mari — professeur, comme moi, à la fac — s'était enfui avec l'une de ses élèves en histoire de l'art. Le fils de Madeline et ses deux filles étaient encore à l'école primaire lorsque son mari avait pris la poudre d'escampette. Selon les ragots courant dans le circuit des salons de beauté, Lloyd Kruger était tombé amoureux d'un agent immobilier au buste plantureux, qui manifestement lui avait un jour montré plus qu'une maison. C'était, oh, au début des années soixante-dix, au moins, mais je me rappelle aussi avoir croisé Madeline une ou deux fois après son divorce, et c'était comme si les ténèbres étaient tombées tel un linceul derrière ses yeux, où le trésor de connaissances accumulé allait se perdre, sans plus personne pour faire la lumière.

Par la suite, j'appris par des amis d'amis qu'elle avait lutté contre la dépression, les troubles du comportement alimentaire et l'hyperanxiété, qu'elle avait été sous antidépresseurs et avait subi des électrochocs. Je m'étais toujours promis d'aller la voir. Puis, on avait doublé mon volume de travail à la fac et, Bobby grandissant, bientôt des décennies nous avaient séparées.

L'âge n'avait pas dû arranger sa mélancolie qui s'était aggravée jusqu'à la pousser au suicide. Tout en conduisant sur les petites routes verglacées, je me fixai une mission : être là à son réveil et l'accueillir dans ce monde qu'elle avait voulu quitter.

Je suivis une caravane de camions et de chasse-neige jusqu'à l'hôpital pour me garer sur le parking réservé aux médecins, qui était presque vide. Les places de stationnement avaient été déblayées, mais l'accès aux urgences semblait traître. Je dus m'agripper à la rampe et m'approcher à petits pas de la porte comme un pingouin sur des patins.

Bobby est très copain avec Otto, le vigile. Ils prenaient justement le café dans la loge de ce dernier, à l'entrée des urgences. Otto a les yeux qui fatiguent derrière ses verres de lunettes épais comme des culs de bouteille et Bobby surveille parfois les écrans de contrôle à sa place. Ça ne fait de tort à personne et leur supérieur estime que c'est une façon raisonnable de pallier le handicap d'Otto. Otto a aussi un chien, Blondi, un berger allemand qui l'aide à faire ses rondes et dort sous la console de sécurité, où il était en train de ronger un jouet en cuir.

Bobby cacha sa pipe et sa blague à tabac. Odieuse manie ! À cause de ce poison, ses dents et ses gencives sont orange. Il fut fâché de constater que j'avais pris la route, mais que pouvait-il dire ? J'étais bien là : preuve vivante que j'avais pu faire le chemin sans pépin. Avant de me montrer avec lui, il fallait l'arranger : ses cheveux se dressaient dans toutes les directions et sa chemise en bannière le faisait paraître encore plus gros. Je l'expédiai aux toilettes avec un peigne et une brosse à dents, regrettant de ne pouvoir rien faire pour ses chaussures, dont les talons étaient tout écrasés.

Quand il sortit, la moitié de sa chevelure était trempée et plaquée sur son crâne et l'autre, hérissée comme des épis de blé. Il m'accompagna jusqu'aux ascenseurs, gémissant parce que je taillais dans sa tignasse avec le peigne, et décida de monter avec moi, car s'il n'y avait personne au bureau des infirmières du service concerné, je ne pourrais jamais passer.

J'épinglai mon badge de bénévole pour me donner un petit air officiel, et nous montâmes au service psychiatrie.

J'avais fréquenté comme patiente les services d'orthopédie et de neurologie — pour de l'arthrite, des acouphènes, des reflux gastriques — les classiques réparations requises par le corps humain dès qu'il a dépassé la garantie des soixante-dix ans. Je n'étais jamais allée au service de psychiatrie, même si j'avais un jour travaillé avec une dame de l'hospice, une schizophrène qui nous venait de ce service. Elle me chuchotait à l'oreille : « Ne le répétez pas, mais d'après le docteur, c'est un virus qui court dans l'hôpital qui m'a valu ça... »

L'ascenseur nous déposa au niveau d'une aire d'attente sécurisée, devant un bureau bien éclairé, dont la moitié supérieure était entourée de tous côtés par des barreaux d'acier et des vitres grillagées.

Une seule infirmière était au téléphone, une feuille de température sous les yeux. Elle nous jeta un coup d'œil et sourit, tandis que Bobby ouvrait la porte avec sa clé accrochée à une chaîne.

La jeune femme désigna la machine à café, mais nous fîmes non de la tête. Sur son badge, on pouvait lire : LAUREL WERLING, d.e.

— On ne lui a donné que de l'Ipecac, disait-elle. Le Dr Hook n'a pas voulu lui donner autre chose, craignant l'interaction avec d'autres médicaments qu'elle aurait pu ingérer...

Pendant cette attente, j'observais l'endroit, qui ne ressemblait à aucun des autres postes d'infirmières au sein de l'hôpital. Chaque mur était percé d'une épaisse porte en bois munie d'un verrou et d'un panneau de verre armé, monté sur gonds, à hauteur d'œil. Trois des portes verrouillées donnaient sur de sombres couloirs, seulement éclairés en cette heure matinale par les témoins des issues de secours. La quatrième donnait sur la zone d'attente par où nous étions passés, et Bobby l'avait refermée à clé derrière nous.

En regardant par la vitre, je vis un vieillard émacié, vêtu

d'une blouse de patient sale et élimée, émerger de l'obscurité du couloir telle une apparition dans un cimetière, et sa silhouette se précisa à mesure qu'il s'approchait des néons du poste d'infirmières. Il s'arrêta devant la porte, sa tête encadrée par le panneau vitré, son crâne bien visible sous la peau chauve et tavelée. Sur le côté gauche, depuis la tempe jusque derrière l'oreille, une longue cicatrice blafarde zigzaguait tel un éclair. Il me semblait vaguement le connaître. L'avais-je rencontré dans ma jeunesse ou seulement vu en photo : William Burroughs sur la couverture du *Festin Nu* ? Le croque-mort qui avait enterré mes parents ?

Derrière lui, au mur, il y avait un signal d'alarme.

En cas d'incendie, brisez la glace, ai-je pensé. Je ne l'ai pas dit tout haut, et d'ailleurs ce n'était pas ce genre de signal d'alarme, car il n'y a pas de verre dans une unité psychiatrique. Je ne sais pas pourquoi j'ai pensé cela, mais c'est un fait.

Levant sa main osseuse, il frappa à la porte.

Sans interrompre sa conversation, l'infirmière ouvrit la trappe pour lui tendre deux petits gobelets en carton : l'un contenait des cachets ; l'autre, la valeur d'une gorgée d'eau.

Me foudroyant du regard, le vieil homme les prit et me dit :

— Tu sais ce que c'est, l'amour ?

Je ne sais pourquoi, à cette question la chair de poule m'envahit. Glacée, je me mis à grelotter.

L'infirmière fit la grimace et se détourna vivement, comme si elle en avait soupé de lui. Se bouchant d'un doigt l'oreille, elle pressa le combiné contre sa tempe.

— Excusez-moi..., dit-elle à son correspondant. Vous disiez ?

— J'ai dit : « Tu sais ce que c'est, l'amour ? » répéta l'homme d'une voix forte.

Mon regard se fixa sur lui. Oui, je le connaissais ! Le curé de Sainte-Daphnée arrêté pour pédophilie ? Non, mais...

L'infirmière lui fit signe de circuler et poursuivit son échange téléphonique.

Le vieux s'envoya ses comprimés, puis l'eau, et déglutit. Puis il froissa les gobelets, un dans chaque poing.

— C'est des cochons sur la paille qui se serrent pour se tenir chaud.

Il darda sur moi un regard féroce, comme pour me mettre au défi de le contredire.

— Je prierai pour vous, dis-je. Dieu vous bénisse.

— Bénie soit la jeunesse, car elle héritera de la dette nationale. Saviez-vous que Dieu est bien en trois personnes — le Père, le Fils et le Saint Esprit — qui sont unies dans un seul être ou une seule substance, comme une bière allégée qui a bon goût mais manque de corps, et pousse les putains de Babylone à se rouler dans la boue ?

Il eut un rire jaune, se retourna et repartit en traînant les pieds, avec sa blouse fendue dans le dos, ses fesses plates et ridées ballottant tandis qu'il s'évanouissait dans le noir.

En cas d'incendie, brisez la glace.

— Je n'ai toujours pas réussi à joindre la famille, déclara l'infirmière au téléphone.

Puis elle me jeta un coup d'œil, sourit et dit :

— Mais Mme Druse est là. Elle pourra peut-être nous dire quelque chose.

Le bip de Bobby se manifesta juste au moment où elle raccrochait. Il baissa les yeux dessus et marmonna quelque chose à propos du transport d'un blessé hors de la salle des urgences.

— Maman, tu m'attendras dans le bureau d'Otto quand tu auras fini, entendu ? Je ne veux pas que tu rentres seule, compris ?

— Bobby, je t'adore...

— Moi aussi, je t'aime, bougonna-t-il.

Laurel Werling était une femme agréable, mais elle semblait manquer de maturité et d'expérience, comme si elle était habituée à être une auxiliaire. Elle passa plusieurs coups de fil pour s'assurer qu'elle gérait bien la tentative de suicide de Madeline Kruger conformément au protocole. J'appris que la police avait retrouvé la malheureuse dans sa cuisine où elle avait éteint le voyant lumineux de la gazinière, allumé le gaz, mis un oreiller dans le four avant d'y fourrer sa tête. On avait également retrouvé un flacon d'antalgiques sur la paillasse.

L'infirmière m'expliqua que Madeline ne coopérait pas et se montrait incapable de fournir des informations qui permettraient à l'établissement de joindre sa famille, à moins qu'elle s'y refusât. Elle semblait complètement désorientée et avait régressé à un stade infantile. Le seul nom qui revenait de façon récurrente dans son discours, c'était le mien.

J'étais d'accord pour les aider de mon mieux, mais il me fallut lui avouer qu'en dépit de mon expérience acquise au chevet des mourants, je n'en avais aucune des suicidaires. Je connaissais assez la nature humaine pour deviner que Madeline ne devait pas être précisément ravie d'avoir survécu à sa confrontation avec la mort. Se réveiller en sachant qu'on a échoué même à se supprimer : échec suprême ! Sinon, je ne savais à quoi m'attendre, ni ce que j'allais dire ou faire.

Mlle Werling me conseilla de la laisser parler. Selon elle, les suicidés exprimaient souvent colère et amertume à l'encontre de leurs proches, et de cette façon on pourrait peut-être obtenir des renseignements sur son fils et ses filles, ou à tout le moins les localiser.

Elle me précéda dans le même couloir par où le vieux débris grincheux était apparu. En fait, je pouvais même le voir tout au bout, éclairé à contre-jour par la lueur bleuâtre d'un écran de télévision, cherchant des mégots dans un cendrier, semblait-il.

Nos pas résonnaient sur le marbre, mais il ne daigna même pas nous accorder un regard.

Les solides portes se succédaient de chaque côté, certaines verrouillées, d'autres ouvrant sur l'obscurité.

À mi-chemin, un homme pas rasé, entre deux âges, en tenue de garçon de salle identique à celle de Bobby, était assis devant une chambre, confortablement installé dans son fauteuil relaxe, une cannette de soda posée sur une table. Il avait un livre ouvert sur les genoux et une lampe flexible près de lui, mais son menton s'était affaissé sur sa poitrine et il s'était de toute évidence assoupi.

— Je vous présente Angelo Charron, dit l'infirmière,

haussant le ton en s'approchant, sans doute parce qu'elle n'avait pas envie d'avoir à le sanctionner pour avoir dormi pendant sa garde. En cas de tentative de suicide, on laisse toujours quelqu'un en faction...

Elle se racla la gorge et M. Charron se réveilla en sursaut.

— Voici Mme Druse, dit-elle. Sally Druse. Une amie de la famille.

— Bonjour, monsieur...

Je lui serrai la main, détectant une odeur d'alcool en dépit de sa tentative pour parler en masquant son haleine.

— Bonjour, m'dame.

Il faisait de son mieux pour avoir l'air vigilant et détourna la lampe de ses yeux rougis.

Je scrutai l'intérieur de la chambre, à la recherche de Madeline.

L'employé dirigea avec précaution le faible faisceau de sa lampe de lecture en direction des ténèbres, trouvant d'abord le bas du lit puis remontant lentement pour révéler les contours des pieds de la patiente sous les couvertures. Le haut du lit était surélevé et orienté vers nous, mais l'obscurité l'enveloppait.

— Une heure qu'elle dort, dit-il doucement. Mais elle est agitée. Si vous restez, elle va sans doute se réveiller et se remettre à parler de la fillette et de vous.

— Quelle fillette ?

Il soupira.

— Ce n'est pas très clair. Si vous restiez, vous pourriez peut-être éclairer notre lanterne ?

L'infirmière et moi-même avançâmes dans la pièce, et à ce moment-là, la main tremblante de M. Charron lâcha certainement l'abat-jour, car le faisceau lumineux tomba en plein sur le buste et la face de Mme Kruger.

Puissè-je ne jamais, sur la terre comme en enfer, revoir un tel spectacle. La figure de la malheureuse était figée dans un rictus de pure terreur et elle regardait droit devant elle comme au-delà des portes de la damnation. Sa bouche grande ouverte et ses yeux exorbités attestaient qu'on peut mourir de peur. Quelque épouvantable spectre, tels les basiliques chez les anciens, l'avait tuée d'un seul regard. Sa tête était rejetée en arrière, ses paumes en l'air, ouvertes comme pour recevoir les stigmates, qu'elle s'était apparemment infligés avec le pic à glace qui reposait encore dans sa main ensanglantée.

Nous poussâmes un cri et faillîmes mourir nous-mêmes, toutes tremblantes, incapables de respirer. On s'étreignait mutuellement, comme deux fillettes qui craignent que l'autre ne prenne la fuite, la laissant seule avec l'affreux cadavre.

Il y avait encore plus terrifiant.

La plaie qu'elle s'était fait à la gorge bâillait telle une seconde bouche et, depuis cette hideuse entaille, se répandaient des masses grouillantes de fourmis. Elles avaient également surgi de ses poignets, rongeant les bords des plaies, et circulaient aux abords des blessures suppurantes comme si la totalité du corps sans vie avait été colonisée par ces vastes armées noires.

J'entendis un rire âpre du côté du couloir.

Je connaissais cette voix. C'était celle du vieillard venu prendre ses cachets.

Tu sais ce que c'est, l'amour ?

MORT IMMINENTE

STATUES DE SEL

Lorsque l'intelligence humaine est soudain confrontée au surnaturel, la mort (la plus pure de toutes les épiphanies) peut être instantanée. La vision de certains prodiges, merveilles, abominations, monstruosités, erreurs de la nature, anges, démons et autres percées du surnaturel dans notre monde est insupportable aux simples mortels que nous sommes. Telles étaient Méduse et les autres gorgones dont parle Eschyle et sur lesquelles nul ne pouvait porter son regard sans périr. Si nous ne nous détournons pas à temps, c'est la mort.

Parfois, au lieu de succomber instantanément, on peut survivre à l'horreur initiale et à la sidération pour dépérir dans les rets d'une image sinistre imprimée au fer rouge dans la cire molle de la mémoire — ce qu'on appelle une idée fixe. La beauté n'est que le premier visage de la terreur, et le seul que nous pouvons supporter. Le grand écrivain Borges a écrit sur le Zahir, qui en arabe signifie « tristement connu » et « visible » (l'un des quatre-vingt-dix-neuf noms de Dieu.) En pays musulman, le Zahir se réfère également aux êtres ou aux choses qui ont la terrible qualité d'être inoubliables et dont l'image finit par rendre fou. C'est comme si le Zahir, ou quelque autre inoubliable démon, affectait l'esprit d'une atroce fixation. La contemplation de l'image hideuse, virant à l'obsession fatale, altère et dévore l'esprit qui l'a nourrie. La mort survient parce qu'on a délaissé tout l'univers au profit d'une idée unique.

La vue du cadavre infesté par les fourmis m'avait porté ce coup fatal. Mes genoux se dérobèrent, je tombai à la renverse et mon crâne heurta le sol en marbre.

Étendue sur le dos, je regardai les dalles du faux plafond, les néons éteints, en pensant : *ma hanche !* À mon âge, mieux vaut le peloton d'exécution qu'une fracture de la hanche, et tous les traitements hormonaux contre la ménopause n'y pourront rien changer. *Si c'est la hanche, prière de me coucher directement dans ma tombe, merci. Amen.*

Mon vœu à demi formulé s'est presque réalisé et j'ai tout regardé, impuissante, tandis que les ténèbres rétrécissaient mon champ de vision et avalaient le monde visible. J'ai dégringolé en arrière, telle Alice dans le terrier du lapin, mais pour un temps très bref. Aussitôt après, je me suis retrouvée du côté du faux plafond, à les regarder donner l'alerte en l'honneur de votre servante.

Franchement, je ne voyais aucun inconvénient à expirer

là, par terre. Je n'avais aucune envie de mourir à la maison pour hanter ensuite mes propres murs. Bobby en hériterait et je ne voulais pas l'ennuyer avec le souvenir de sa vieille mère défunte ni lui infliger la vision de mon fantôme dans l'une ou l'autre pièce. *Si j'ai fait mon temps, alors soit !* pensais-je.

Tout le personnel était penché sur moi et se parlait : « Elle ne réagit pas. » « Et son pouls ? » « Elle ne respire plus. » « Elle est morte ? » Je me rappelle distinctement avoir été hors de mon corps et au-dessus de moi-même, avoir vu l'équipe de réanimation arriver avec le chariot plein d'instruments et de matériel. J'adore la technologie médicale et c'était un vrai plaisir de voir qu'on la déployait avec autant de zèle pour me sauver. Je me sentais étrangement détachée de l'issue de cette intervention. J'hésitais à tenter de rentrer dans ce vieux sac d'os perclus de rhumatismes. Pouvait-on m'indiquer d'abord l'état de ma hanche ?

Je vis les infirmières et internes m'enfoncer des aiguilles et des sondes dans les bras, m'injecter des produits, me faire respirer de l'oxygène au masque. Je me souviens de mon scepticisme sur le résultat. Puis un genre d'enduit noir s'amassa autour de mon champ de vision rétréci aux dimensions d'un tunnel. J'eus la sensation singulière de revenir m'installer dans ma peau pour une longue hibernation.

Nous y sommes, pensai-je. *Le pays inexploré. Le grand spectacle. La fin de toute intrigue. Le remède à tous les maux. Le grand saut dans la nuit.*

Puis-je avoir cette dernière danse seule ?

Le bon

Être morte fut ce qui m'est arrivé de meilleur dans la vie. C'était mieux que ce qu'on lit dans les livres, ce qu'on voit au cinéma, mieux que toutes les spéculations philosophiques et révélations théologiques que j'avais étudiées à la fac. Hélas, il n'y avait pas moyen d'envoyer un message à tous ces sinistres philistins qui croient que l'âme humaine n'est rien d'autre que des parasites générés par les cellules nerveuses. Alerte ! Message de Sally Druse, fraîchement trépassée : Vous autres matérialistes, vous vous êtes trompés dans les grandes largeurs.

Au lieu du Grand Néant, j'étais contente de découvrir que ma vie posthume consistait en une sieste éternelle délicieusement dénuée de rêves. Il faisait trop sombre pour déterminer si j'avais un corps, mais si c'était le cas, il me semblait submergé et dérivant dans un vaste océan formé d'un tiède fluide amniotique. Plus rien ne me touchait, mon état de conscience semblait tout juste suffisant pour me faire apprécier le plaisir d'être là tout en étant dispensée d'assumer une vie psychique. Pour la première fois, être était facile, sans les complications liées aux souvenirs, à l'appréhension, aux remords, à la solitude ou à la souffrance. Je recueillais tous les bénéfices du sommeil profond, sans pâtir des cauchemars qui réveillent — c'était une interminable chute au ralenti à travers les espaces intersidéraux jusqu'à l'océan de sérénité.

Par miracle, je fus capable de profiter de cet état de

béatitude sans en être tout à fait consciente. À la place, j'avais l'impression d'être toujours sur le point de penser, sans jamais franchir le seuil de ce que mes professeurs de philosophie nommaient : aperception — l'acte mental par lequel l'esprit prend conscience de lui-même. Laissons ce vieux pédéraste grec de Socrate babiller sur le fait que la vie non réflexive ne vaut pas la peine d'être vécue. Je nageais dans la non-réflexion, et c'était un jardin des délices par comparaison avec ma vie terrestre.

Puis je me sentis chatouillée par un léger souvenir — Madeline Kruger et la petite fille — et ce fut presque comme si j'avais tout gâché. Avais-je mis le pied hors de ce délectable état d'inconscience pour l'avoir savouré ?

Les sensations s'ensuivirent. Mes rêveuses velléités à demi exécutées devinrent des volitions pleines et entières. Je bougeai une paupière, un doigt, et l'inexprimable horreur de la conscience grandit à l'horizon, à la façon de nuages menaçants.

Sainte Vierge, j'étais de retour ! Peut-être la petite flamme de la conscience qui tremblotait au loin ne correspondait-elle qu'à un reliquat d'activité cérébrale ? Peut-être que si je fermais les yeux et m'appliquais à ne pas respirer ni bouger, je pourrais me glisser de nouveau sous les vagues pour m'enfoncer dans ce néant chaleureux, à tout jamais ?

Mais non. Je refaisais surface. J'entendais des sons — bips, chuintements réguliers, voix. L'air emplissait mes poumons, malgré mes efforts pour ne pas respirer. D'indésirables pensées ne cessaient de perturber mes vaines rêveries sur la mort. Par exemple, si je me rappelais des choses telles que Madeline Kruger et la notion d'aperception, cela ne signifiait-il pas que mon cerveau fonctionnait toujours ? Et les fourmis dans les plaies de la pauvre Madeline ! Je m'en souvenais, donc j'avais encore un cerveau ! Et si je gardais les yeux fermés par un acte de pure volonté, cela signifiait que j'avais des paupières et une volonté, ce qui signifiait... hélas.

La brute

Un autre bip, d'autres chuintements rythmés, des voix. Puis le symptôme cardinal d'une conscience de mortelle : une douleur. Une migraine, assez sévère pour prouver que j'avais une tête, tout comme la montre prouve l'horloger. Si la douleur faisait partie du décor, j'avais intérêt à rentrer dare-dare dans le monde des vivants, car si ce qu'on dit est vrai, une migraine posthume a toutes les chances de durer éternellement.

L'envers de mes paupières était d'un bleu indigo veiné de sang — couleur d'un ciel nocturne enceint d'un gros orage. Je les entrouvris. Si je me trouvais en enfer ou au paradis, en tout cas l'endroit avait tout pour imiter une salle de réanimation.

Des silhouettes en toges, encapuchonnées, s'affairaient au-dessus de moi sous de vives lumières. Elles portaient les vaisseaux sacramentels et chantaient en latin. Un grand prêtre à la coiffe ornementale se pencha sur moi avec une arme.

— C'est une fibrillation, dit-il, à travers son masque sacré. Défibrillateur ! Palettes !

Ouuuch ! J'étais de nouveau au plafond, en train de regarder cette tête penchée sur ma carcasse livide et flasque.

J'étais une fois de plus hors de mon corps. C'est le mot, et j'en connais un rayon sur les expériences de mort imminente. J'ai beaucoup lu sur ce sujet.

Un sourd grondement semblait se répercuter dans les tréfonds de mon tout nouvel état désincarné (impossible, je sais, la sensation ahurissante d'un vide en vibration). Il s'accentua et sembla me soulever dans les airs, comme si j'étais un faucon tournoyant dans une colonne ascendante, mais au lieu de m'élever à travers des cumulus pour atteindre le bleu élyséen, j'étais propulsée à l'intérieur d'un passage sombre composé de parpaings noirs de suie et de poutrelles rouillées. Je me dirigeais vers une lumière au sommet. En baissant les yeux, je vis que je me trouvais dans une cage d'ascenseur. En dessous, descendaient des cabines — ou plutôt des monte-charges suspendus par des câbles — bondées de gens qui agitaient les bras, se griffaient les uns les autres, et se tendaient vers moi pour tenter de s'échapper, m'implorant, criant grâce. Mais les ascenseurs continuaient à descendre vers l'endroit où des ombres luttaient contre des flammes dans ces profondeurs infernales.

Portant mon regard de nouveau vers la resplendissante lumière blanche, je continuais à m'élever dans sa direction. Une voix m'appela de l'intérieur de cette lumière, et je sentis une ineffable présence, qui semblait vouloir m'attirer à elle et m'envelopper de ses délicats rayons.

C'était comme lire le scénario d'un film de série Z intitulé *Sally Druse et La Lumière au Bout du Tunnel.* J'avais étudié en détail ce que psychologues et neuro-scientifiques appellent dans ma partie les expériences de sortie de corps et celles de mort imminente. Dans les années 80, j'avais enquêté sur ces phénomènes avec Susan Blackmore, à l'université du Surrey en Angleterre. Donc, vivre moi-même cette expérience me donnait l'impression d'être un psychiatre s'allongeant sur le divan d'un confrère. Sur le moment, je me rappelle avoir pensé que, à peu de choses près, ma vie posthume semblait n'être qu'une suite de clichés.

J'aimerais pouvoir signaler que j'ai retrouvé des amis, des parents m'ayant précédée dans la mort et soucieux de me conduire vers la lumière, où une voix communiquait avec moi par télépathie, me montrant le film de ma vie et disant que je n'avais rien à craindre, car : Tout est bien dans l'au-delà, Sally Druse, maintenant et pour l'éternité, amen.

En réalité, comme je me rapprochais du bout du tunnel, la voix se fit affligée et la lumière se mit à mourir, comme l'éclat d'une braise lentement absorbée par des ténèbres si vastes et si profondes qu'elles en avaient des reflets moirés ; comme si moi-même — être de lumière — j'étais sur le point d'être aspirée à l'intérieur d'une étoile sombre ou d'un bloc d'obsidienne. Je sentis la même présence ineffable et l'entendis soupirer dans les cendres.

Le grondement s'interrompit soudain pour faire place à une voix silencieuse. Cette voix appelait, et de nouveau il me sembla sentir le timbre de son désespoir résonner à l'intérieur de mon moi désincarné.

C'était le cri d'une enfant, une fillette, dont les plaintes inarticulées étaient si tristes et pitoyables que j'en fus angoissée jusqu'aux larmes, bien que n'ayant plus ni larmes à verser ni d'yeux pour ce faire. Les mots nous manquent pour décrire cela. La souffrance exprimée par cette voix pathétique, quoique distinctement humaine, n'était pas de ce monde. Elle m'assaillait de visions de ce qui se trouvait au-delà de la lumière déclinante : le royaume de la nuit perpétuelle, où des damnés aveugles crient de terreur. Quelque part, dans cet océan sans soleil peuplé de cauchemars, une enfant errait, perdue. Me revinrent en mémoire les paroles du garçon de salle à l'haleine alcoolisée, juste avant que je ne quitte ce monde : « Si vous restez, elle va sans doute se réveiller et se remettre à parler de la fillette et de vous. »

J'entendis tinter quelque chose. Un carillon, peut-être, ou une clochette comme celles employées au siècle dernier pour annoncer à toute la maisonnée que le thé était servi.

Quelle fillette ?

Le truand

Dans les faibles rayons des cendres encore rougeoyantes, je vis (avec quels organes de sens ?) une créature montant la garde au sommet du tunnel, qui débouchait sur une nuit perpétuelle. Je ne distinguais que sa silhouette : la tête d'un chacal ou d'un fourmilier géant, le corps étant pour moitié celui d'un homme et pour moitié celui d'une bête. Ses dents étincelèrent brièvement. Une fois encore, j'entendis les gémissements lamentables de l'enfant — ce n'étaient ni des paroles ni de simples mots, mais des plaintes qui semblaient exprimer un siècle de solitude et de désespoir.

Tout en m'émouvant, ces pleurs me faisaient craindre que l'étrange sentinelle ne me réserve un destin analogue.

Je baissai les yeux ; les monte-charge étaient descendus dans les entrailles de la Terre.

D'autres tintements, des cloches. Puis j'entendis des bip-bip, comme si des terroristes avaient placé des bombes dans ce puits, dont les minuteurs allaient déclencher d'un instant à l'autre les explosions qui embraseraient le tunnel.

Je fus frappée par la foudre et ouvris les yeux sous d'aveuglantes lumières artificielles.

LE GRAND PRÊTRE DES GORILLES

Je n'aurais su dire si c'était le matin ou la nuit, car je me trouvais apparemment dans une chambre sans fenêtre sur l'extérieur, et sous un genre de spots. J'avais un tube en plastique dans le gosier, maintenu par une sorte de collier, et toutes les cinq secondes environ une machine sifflait et me gonflait comme un poisson-lune échoué sur le rivage. J'étais bordée de chaque côté par des barres en acier qui me rappelaient la bétaillère de mon oncle Mort, le fermier. Tout sentait l'alcool à 90 degrés et le plastique, et j'avais un goût citronné dans la bouche.

Une jolie infirmière, la trentaine, en blouse et gants stériles, tourna autour de mon lit pour tripoter des boîtiers électroniques montés sur perches, et ces bidules étaient raccordés à ma personne par des tubes contenant des fluides. Je ne l'avais jamais vue de ma vie, j'ignorais où j'étais et depuis combien de temps. Je tentai de parler, ce qui fit ployer le tuyau en plastique dans ma gorge, mais aucun son ne sortit. Impossible même de grogner pour attirer son attention. Je voulus tendre le bras pour lui toucher le coude, mais mes poignets étaient attachés au lit.

Je vis un petit groupe d'hommes et de femmes en blanc — des médecins ? — mais n'en reconnus aucun. Ils se rassemblaient devant ma... était-ce une chambre ? Pas exactement. Plutôt une vitrine où j'étais exhibée comme un cobaye, à demi nue, privée de l'usage de la parole et jetée en pâture à tous les vicieux qui voudraient reluquer une vieille dame aux fesses nues et affligée d'une belle migraine.

Ils entrèrent avec leurs badges et leurs stéthoscopes pendus au cou telles des amulettes. Un grand aux cheveux ondulés paradait en tête et semblait être le chef. Comme le groupe se rapprochait, cela me fit penser à une bande de gorilles : le mâle dominant, suivi d'un ou deux sous-dominants, suivis par deux femelles matures, suivies de jeunes blancs-becs.

Le grand parla le premier.

— Docteur Stegman, dit-il, avant d'indiquer le médecin à sa droite. Et voici le Dr Metzger.

Le Dr Metzger était trapu mais efféminé, avec ses ongles manucurés et ses cheveux soigneusement rabattus pour masquer sa calvitie. À vue de nez, ce qui le vouait au second rôle était qu'il faisait bien quinze centimètres de moins que le chef.

Tous deux souriaient.

Où est mon fils, Bobby ?

— *Metzger* veut dire boucher en allemand, déclara Stegman, mais ne lui en tenez pas rigueur...

Tous ses acolytes sourirent et secouèrent la tête : *Non, ce n'est pas un boucher. C'est le Dr Metzger.*

Il me vint à l'esprit qu'on avait commis une bévue dans l'au-delà et que j'avais été malencontreusement expédiée en enfer.

— Le Dr Metzger est psychiatre. Nous autres sommes neurologues ou neurochirurgiens, avec quelques chirurgiens-médecins dans le fond, ajouta Stegman. Le Dr Metzger se chargera de l'inorganique et de l'intangible, tandis que nous autres, spécialistes du cerveau, nous nous chargerons de l'aspect organique et médical.

Sourire tendu de mon côté.

— Est-ce clair ?

Où est mon fils ? Qui vous a demandé de vous occuper de moi ?

Ce type parlait moins pour moi que pour la galerie et j'étais bien forcée d'avaler mon tube et d'essuyer comme un pantin son insolent verbiage.

— C'était moins une, ma petite dame...

Il fronça les lèvres et contourna mon lit. L'auteur de son brushing lui avait fait une coiffure vaporeuse qui flottait royalement au-dessus de sa tête telle une auréole parfumée.

— La prochaine fois que vous tombez, madame, choisissez un sol moins dur...

Clin d'œil à mon adresse.

Désignant le tube dans ma bouche, je voulus de nouveau parler, ce qui me valut un sourire paternel du bonhomme et les regards entendus des autres. Il revint au pied de mon lit d'un pas assuré, faisant étalage de sa robuste constitution.

— N'essayez pas de parler avec ce tube. Il passe entre vos cordes vocales pour aller dans vos poumons, en sorte que la machine respire pour vous. Il vous est impossible de parler.

Sans blague ! Mais je ne veux pas qu'on respire à ma place, figurez-vous !

Heureusement que je ne pouvais m'exprimer, car les jeunes gens sont souvent choqués d'entendre jurer les vieux. Ça vous dérangerait beaucoup de m'ôter cette saleté-là ? De plus, comme je l'appris par la suite, dire des obscénités est souvent le symptôme d'une grave lésion au lobe temporal.

L'une des femelles matures de la bande se mit à afficher des films et photos sur un écran lumineux.

— Voyons, dit Stegman, prenant une règle pour offrir à ses acolytes une visite guidée des scans de mon cerveau, qui étaient tous à mon nom. Mme Drusey ici présente glisse sur la glace ou autre chose et s'inflige une blessure en contrecoup, ce qui provoque contusion et hémorragie au lobe temporal droit. La description du syndrome de Kluver-Bucy ? Qui veut... ?

Regard circulaire.

— Personne ? C'est bien ce que je pensais. Pas de psychose de Korsakoff ?

Je dois admettre que j'adore qu'on prenne mon cerveau

en photo. Si j'avais pu être réveillée à ce moment-là ! C'est si excitant, l'idée de ces grands bidules omniscients qui fouillent là où nul regard n'a jamais pénétré, où nulle lumière n'a jamais lui.

Déplaçant sa règle sur un autre scan, il indiqua un petit point.

— Et cette réjouissante petite énigme, là, au lobe frontal gauche ? Si c'est malin, c'est tout nouveau. Si ce n'est pas nouveau, est-ce une tumeur à faible degré de malignité ? Un kyste ? Une sclérose consécutive à une petite attaque ou à un traumatisme antérieur ? En tout cas, nous voici en présence d'une question fascinante : ceci a-t-il causé la chute, ou est-ce une simple découverte fortuite intervenant après coup ? Il y avait des scanographies anciennes avec son dossier ?

Je fis des signes de la main droite et désignai le calepin et le stylo sur la tablette.

L'infirmière me tint le calepin pour que je puisse écrire : *(1) Où est mon fils, Bobby ? (2) Suis-je au Kingdom Hospital, à Lewiston, Maine ?*

Stegman s'était remis à gloser sur les tumeurs et à enfiler les termes latins comme des perles.

— Votre fils, Bobby, est ici, répondit l'infirmière. Il est allé se restaurer. Il va revenir. Je m'appelle Claudia.

Elle souriait. Elle semblait gentille et capable, mais avant qu'elle puisse continuer, le calepin attira l'attention du Dr Stegman, qui trouva ma seconde question si risible que cela déchaîna son hilarité, à la grande joie de ses disciples.

— Lewiston, dans le Maine ? répéta-t-il. Madame, nous

sommes au Centre médical général de Boston, l'un des cinq meilleurs hôpitaux des États-Unis. Et, bien que le Maine n'en soit guère éloigné à vol d'oiseau, je puis vous assurer que, *médicalement parlant,* c'est un tout autre monde ! Les médecins que voici, vous n'en trouverez pas de pareils à Lewisport, Maine !

Boston ? Comment donc... ?

Tout le monde s'esclaffait, et personne ne semblait trop préoccupé de savoir si ce petit point sur le scan était malin ou pas. Après tout, c'était mon cerveau, pas le leur ! Ces intelligents primates étaient membres de la tribu des scientifiques. Leurs coutumes et rituels m'étaient bien connus. Les hommes de science peuvent être utiles ici ou là, mais j'ai toujours pris soin de leur tenir la dragée haute, car on ne peut pas leur faire confiance.

La femme médecin qui avait exposé les images les reprit et le Dr Stegman posa la main sur la bordure du lit.

— Si tout va bien, on vous ôtera ce tube dans l'après-midi et nous pourrons parler. Puis, on prendra d'autres photos pour voir ce qui se passe là-dedans, d'accord ?

Je fronçai les sourcils et fis de nouveau signe vers le calepin. L'infirmière me le tint pendant que je griffonnais.

Lorsque j'eus fini, le Dr Stegman était déjà sorti, suivi de sa petite cour, laissant l'infirmière Claudia répondre à la question que j'avais écrite : *POURQUOI AI-JE LES MAINS LIÉES ?*

Et, chose étrange : après avoir assisté au départ du groupe, je guettai le regard de Claudia, dans l'attente d'une explication pour la désinvolture du chef. Elle les regardait fixement. Sa lippe tremblait et une larme parut au coin de son œil pour rouler sur sa joue empourprée.

Bobby

Ce matin-là, le personnel de toutes les branches du complexe médico-industriel faisait la queue à l'extérieur de ma chambre, chacun attendant son tour. Des techniciens venaient de leur labo piquer avec des aiguilles chaque artère et veine de mon corps ridé, qui finit par me sembler aussi desséché qu'un pruneau. Des inhalothérapeutes me soumirent à des examens compliqués pour déterminer si je pouvais me passer de leur foutu respirateur, ce que je leur confirmai vertement dès que j'en fus débarrassée ! Diététiciens, kinésithérapeutes, une infirmière différente à chaque changement de service et aux petits soins pour moi. C'était merveilleux. Toutes ces attentions. Et maintenant que ce tube avait disparu, je pouvais faire la conversation. Tous ces petits jeunes si futés qui se décarcassaient pour découvrir ce qui était arrivé à ma pauvre caboche !

Cher Bobby ! Il avait l'air… bon, j'étais navrée de constater qu'il avait pris du poids et que son visage était bouffi. Sans doute le stress de voir sa pauvre maman en panne. Cela, ajouté au fait de manger n'importe quoi au lieu de mes soupes et salades, et de n'avoir personne pour lui dire de lâcher ses jeux vidéos et d'aller faire un tour dans le monde réel. Il m'apporta de jolies fleurs pour apaiser ses remords de n'avoir pas été là à mon réveil.

— T'en fais pas, m'man, ça va aller...

Je voyais clair en lui. Il n'était pas sûr du tout que j'allais me rétablir, et moi non plus.

— Qui était cet affreux médecin ? Stegman ? Un neurologue ?

— Un neurochirurgien, maman. En tombant, tu t'es abîmé un des lobes du cerveau, mais le scanner a détecté une autre cicatrice ou lésion là-dedans... C'est peut-être rien. Ils ne sont pas encore très inquiets, mais ils vont l'examiner de plus près et voir si ça grossit. Si c'est quelque chose, c'est lui qui t'opérera.

— Si jamais il me touche, je le traîne en justice pour coups et blessures. Il a l'aura et le corps astral de Mussolini. Au fait, où est mon sac ? J'ai besoin de mes cristaux. Je n'aime pas m'exposer sans protection à la présence d'une force vitale aussi maléfique.

— M'man, c'est un chirurgien génial !

— On a des chirurgiens dans le Maine. Et si lui est génial, trouve-m'en un idiot. Bobby, au nom du ciel, pourquoi suis-je à Boston ?

— C'est à cause des scanners du cerveau. Ils ont le matériel dernier cri, ici.

— Imagerie du cerveau ! Pour moi ? Comme c'est amusant ! Raconte...

— Ben, ils ont des PET scans, un nouveau genre d'IRM. Puis un autre appelé SPECT scan. Ils ne savent pas encore lequel utiliser pour toi. On n'a pas ça au Kingdom Hospital. On va te photographier en détail et pratiquer de la chirurgie s'il le faut, et tu rentreras à la maison.

— Des PET scans ! Des photos de mon propre cerveau en action ! J'en veux des copies !

Je regardai mon garçon. Il était bien le même ; moi, j'étais différente. Mon voyage dans les zones-frontières entre ici et l'au-delà m'avait changée. Comme disent les physiciens : nous ne sommes que des hologrammes de particules évoluant dans un univers d'autres hologrammes. J'étais comme après mes deux années passées à étudier le Rig Veda à l'université de Delhi, en Inde. (Mes heures de gloire, avant les liens du mariage et l'esclavage du salariat.) Lorsque je suis rentrée en 1954, le Maine était devenu pour moi un pays étranger. La vallée était restée la même, mais moi j'étais différente. Je ne pouvais plus lancer de riz à un mariage sans me demander : pourquoi lance-t-on du riz aux mariages ? Pourquoi n'y a-t-il pas de numéro 13 dans nos ascenseurs ? Que se passe-t-il quand on fait un signe de croix ? Que signifie Halloween, précisément ?

Voyager avait fait de moi une étrangère chez moi, mais mon fils demeurait un enfant du pays et le resterait ; aussi me fallait-il être prudente.

— Bobby, as-tu vu le cadavre de Madeline Kruger, cette nuit-là ?

Il fronça les sourcils et je vis un souvenir se frayer un chemin à travers les replis obscurs de son cerveau docile, quelque chose qu'il avait entendu dire et rejeté promptement, étant aussi curieux qu'un ours en hibernation.

— Non, m'man, je ne l'ai pas vu. Les crises se succédaient. On a perdu une petite fille aux soins intensifs presque au moment où tu t'es effondrée. Un truc terrible. Un peu plus tôt, le cardio-pédiatre, le Dr Egas, avait dilaté sa valve pulmonaire — une procédure de routine, à taux de complication bas — mais par la suite on a découvert qu'il avait transpercé le cœur de la petite avec le cathéter-ballon. On a tout fait pour la sauver, mais elle est morte au bloc. Huit ans. On a laissé la mère venir. Elle était hystérique. Elle a attrapé un scalpel et tailladé proprement le Dr Egas. On a dû s'y mettre à quatre pour la maîtriser. Et maintenant, son chef est en train de chercher ce que le Dr Egas avait sniffé ce jour-là.

Il renifla son pouce et s'apprêta à me fournir des explications.

— Je sais ce que « sniffer » veut dire, Bobby. J'avais l'âge de profiter des années soixante. Quel dégénéré faut-il être pour se droguer avant d'opérer une gamine ?

— Après la mort de l'enfant, tu t'es cogné la tête et, au milieu de tout ça, il y a eu la secousse sismique. Des canalisations se sont rompues, des fissures ouvertes au niveau des fondations.

Il frissonna, et je vis qu'il hésitait à me faire une révélation.

— Quoi ?

— Rien, m'man, dit-il, trop vite.

— C'est quoi, la phrase, déjà ... ? dis-je, torturant mes

pauvres méninges pour leur faire lâcher le peu de Shakespeare que j'y avais engrangé. « La qualité de rien n'a pas un tel besoin de se dissimuler. » C'est au sujet de la pauvre petite ?

Il regarda de côté, ce qui voulait dire oui.

— Elle... (Il reprit son souffle et se massa les mâchoires de ses paumes charnues.) On a mis le corps à la morgue, parce qu'il y aura forcément une autopsie... mais avec les lézardes là-dessous, dans le sol et les murs... C'est toujours l'ancien hôpital en dessous, celui qui a brûlé du temps de ta jeunesse. On a reconstruit sur le même emplacement. Et tu sais comme les secousses sismiques affolent la vermine. Les rats s'en sont pris aux cadavres...

— Oh, non, Bobby...

— Ne va pas poser de questions sur Mme Kruger. On a étouffé l'affaire. La famille étant catholique, le suicide est tabou...

— Rien d'étonnant si les crises se sont succédées, Bobby. C'était la pleine lune et un vendredi treize décembre, ce que la tribu des Algonquins nomme « la pleine lune froide ». Tu as vu ce vieux fou s'approcher du bureau des infirmières ? Mister Hyde, aussi vrai que je vis et respire. Va dans n'importe quel service des urgences et vois ce qui arrive un vendredi treize, par une nuit de pleine lune. Je suis surprise qu'on n'ait pas eu une invasion de sauterelles et que la rivière Androscoggin n'ait pas rougi et inversé son cours. Et le mot d'adieu de Mme Kruger ? Tu l'as lu ?

Bobby secoua la tête et se renfrogna.

— Je ne l'ai pas vu, m'man, et la pleine lune, c'est du pipeau...

Il fit une pause pour changer de sujet, mais je n'étais pas disposée à me laisser faire.

— Bobby, j'ai besoin de voir cette lettre. Je dois savoir ce que Madeline a écrit à mon sujet. Tu dois m'en procurer une copie.

— Impossible !

— Tu as toujours su mettre la main sur la boîte à gâteaux...

— Enfin, je ne peux pas aller farfouiller dans le dossier d'une patiente !

— Il y a eu une autopsie ?

— Je ne sais pas.

Autre regard fuyant.

— Tu ne sais pas ?

Il loucha et se mit à suer : il souffre d'un trouble glandulaire qui le fait transpirer abondamment dès qu'il est un peu nerveux.

— Le corps de Mme Kruger était à la morgue, lui aussi. Les rats... il doit y en avoir des centaines là-bas. On a fait venir le dératiseur le lendemain, mais les corps...

— Et le garçon de salle, celui qui était censé monter la garde et qui roupillait ? Chairman ? Charmin ?

— Angelo Charron, maman. Il allait se faire virer pour être venu bosser trop souvent en état d'ébriété, de toute façon. Là, il était censé veiller sur une suicidaire, qui a réussi à s'emparer d'un pic à glace... Ça fait longtemps qu'il est plus là, m'man.

— Et l'infirmière, Lauren ? Laura ? Qu'a-t-elle dit ?

— Laurel Werling. On a découvert qu'elle avait un autre travail pendant ses heures de repos. C'est un motif de licenciement.

Je saisis l'un de mes calepins pour noter les noms.

— Et personne n'a rien dit sur l'état du cadavre de Madeline ?

— Quel état ? Les artères tailladées ?

Je fus bien près de lui parler des fourmis, mais c'était au-dessus de mes forces.

— Bobby, il m'arrive quelque chose. J'ai vu des choses...

— M'man, on m'a dit que tu avais eu un genre de crise. Et puis, tu t'es bien cogné la tête. Tu es morte... on a dû te ressusciter ! Tu as passé trois jours dans le coma. Ne pense plus à ces visions.

— Je dois retourner au Kingdom Hospital, Bobby. Il se passe quelque chose, je le sens.

— M'man, on ne te laissera sortir qu'après avoir été fixé sur tes taches au cerveau.

— Parle-moi de ces scanners, Bobby. À quoi sert ce SPECT, exactement ?

Neurologie

L'infirmière Claudia et moi passions le plus clair de la journée à deviser ; j'étais sa seule patiente et on s'appréciait. Elle affirmait que, aux soins intensifs, elle avait en général deux grands malades sous sa responsabilité, de sorte que c'était pour elle des vacances que d'avoir un moulin à paroles comme moi, sans tubes ni intraveineuses. J'appris qu'elle avait trois enfants en bas âge et un mari qui avait perdu son emploi de programmeur après l'éclatement de la bulle informatique. Elle faisait des heures supplémentaires, ce qui signifiait qu'elle s'était occupée de moi pendant seize heures d'affilée depuis que je m'étais assommée, même si la moitié du temps je n'étais pas tout à fait là. Elle était gentille avec Bobby et nous expliqua toutes les procédures et à quoi servaient les équipements.

En dehors de ces tête-à-tête, j'écrivais frénétiquement sur mes calepins, tâchant de coucher sur le papier un compte-rendu fidèle de ma sortie hors du corps, dans l'espace entre terre et ciel.

Ce soir-là, les médecins donnèrent leur feu vert pour mon transfert au service neurologique. Un garçon de salle vint me transporter avec mes affaires, mais Claudia le renvoya en disant qu'elle voulait me conduire elle-même à mes nouveaux quartiers — une attention extraordinaire de la part d'une infirmière des soins intensifs, dont je lui fus reconnaissante.

Ma nouvelle chambre était semi-privée : chambre 959, lit 2. Les rideaux étaient tirés autour du lit 1, m'empêchant de faire connaissance avec ma voisine.

Claudia me poussa à l'intérieur dans mon fauteuil roulant et m'aida à disposer mes affaires. Elle changea l'eau des fleurs, posa mon sac sur la table de nuit, et m'aida à choisir le cristal approprié à mon nouvel environnement.

Puis, elle s'assit à mon chevet et mit le doigt sur ses lèvres. *Chut !*

Je regardai en direction du lit 1 et des rideaux tirés.

— Elle ne peut pas nous entendre, me murmura-t-elle.

Ses yeux étaient de nouveau rouges et brillants de larmes. Instantanément, mon cœur se serra.

— Qu'y a-t-il, chère Claudia ?

— Vous connaissez ma situation. J'ai un bon boulot, ici. Si je perdais cette place et devais en trouver une autre... un ou deux mois de salaire en moins, et ce serait la ruine pour ma famille. La maison a été achetée à crédit et je réussis tout juste à rembourser les échéances en attendant que mon mari retrouve du travail.

— Oh, ma pauvre ! Je vais prier en ce sens. Mais pourquoi craigniez-vous de perdre votre emploi ? Vous êtes une infirmière excellente et pleine d'égards.

Sa main se posa tendrement sur la mienne.

— Merci. Si je vous dis ceci, c'est seulement que je vous aime beaucoup et qu'il va falloir me promettre de ne révéler à personne ce que je vais vous dire...

Une larme roula sur sa joue. Elle l'essuya d'un geste vif et regarda vers le couloir, craignant de voir entrer quelqu'un.

— Claudia, regardez-moi bien dans les yeux et voyez ce que vous savez déjà : je ne trahirai jamais votre confiance.

— Je le sais bien. Je ne dis cela que pour ma propre tranquillité d'esprit. Il ne faudra le dire à personne, pas même à Bobby.

— Racontez... votre secret sera en sûreté.

— Ce n'est pas un secret. C'est une mise en garde et un conseil de poids. Si jamais vous deviez subir une opération...

— Toc-toc !

Une joyeuse voix mâle résonna derrière l'alcôve de ma voisine. À supposer que cette dernière ait été endormie, elle devait être réveillée à présent.

Claudia se releva aussitôt et se mit à déplacer mes affaires sur ma table de chevet et la tablette. Elle saisit ma boule de cristal et la tint en l'air par son cordon de soie.

— C'est très joli, dit-elle, comme si nous avions été en train de l'admirer.

Un homme passa la tête derrière le rideau et nous sourit. Je reconnus la stature de sous-dominant et la coiffure cache-calvitie du Dr Metzger, le boucher-psychiatre. Il avait troqué sa blouse blanche contre un manteau de tweed sport et un col roulé noir. Avec une barbe et des pièces de cuir aux coudes, il aurait été tout à fait à sa place à la fac où j'avais enseigné.

— Je peux revenir plus tard, si vous préférez...

— Oh, non, docteur, n'en faites rien. J'aidais seulement mon amie, Mme Druse, à s'installer...

Elle me lança un coup d'œil et ajouta :

— Sally, je reviendrai après-demain finir cette conversation.

— Quel changement ! s'exclama le Dr Metzger à mon intention. Déjà prête à reprendre le harnais et à sauter l'obstacle ! Je savais bien que vous n'étiez pas du genre à rester trop longtemps alitée.

— Cela prouve que vous devinez les gens, et explique que vous ayez fini psychiatre...

— Comment vous portez-vous ? Pas de céphalées ? De vertiges ? Vos tests crâniens sont impeccables et les analyses en laboratoire montrent que toutes les valeurs sont dans la fourchette normale.

Là, il me fit le signe de la victoire, comme si j'étais un petit joueur de base-ball et lui, l'entraîneur.

— J'ai des migraines, mais sinon tout va bien. J'aimerais qu'on prenne ces images de mon cerveau et que je puisse retourner à Lewiston. Le Dr Massingale pourra s'occuper de moi et soigner ces maux de tête.

Tout en parlant, il se dirigea vers le fauteuil libéré par Claudia.

— Eh bien, le Dr Massingale vous a adressée à notre service pour qu'on fasse des images de votre cerveau, mais elle nous a également prié de veiller sur la totalité de votre personne, madame Druse. Comment vous sentiez-vous avant votre chute ? Pas de sensations inhabituelles, d'incident ? Pas d'émotions bizarres, d'idées loufoques ?

Il s'assit, ouvrit un dossier et parut prêt à se lancer dans un bon petit examen psychiatrique, pour lequel j'aurais sans aucun doute à payer des honoraires salés. En outre, cette séance allait avoir lieu à portée d'oreille d'une patiente que je n'avais pas encore rencontrée.

— Excusez-moi, dis-je en me tournant vers l'autre lit. Allô ? dis-je au rideau tiré. Toc-toc. On m'a dit que j'avais une voisine. Est-ce vrai ?

Le Dr Metzger sourit et m'interrompit d'un geste lénifiant.

— Madame Druse, vous n'avez vraiment pas à redouter de déranger votre voisine. Elle n'est pas... en état de réagir pour le moment.

— Dans le coma ?

— Pas précisément. Elle ne peut pas entendre ce que nous disons. Ou plutôt : elle ne peut pas décoder ce que nous disons.

— Elle a un nom ?

— Oui. Nancy Conlan est ici depuis, oh, plusieurs mois. Elle ne...

Sa main s'agita en direction du pays où plus rien n'a d'importance.

Je baissai tout de même la voix.

— Je n'ai pas besoin d'un psychiatre, docteur.

J'étais polie, et même aimable — inutile d'être déplaisante, du moins, pour le moment.

— Sans doute, mais nous aimerions éclairer le plus possible le tableau tant que vous êtes parmi nous. Nous aimerions faire un ou deux autres scans et des examens pour voir ce que vous avez...

Il n'entra pas dans les détails. *Qu'est-ce que j'avais ?*

— Que montrent les scans, exactement ? demandai-je. Est-il possible d'y déceler mes remarquables aptitudes aux expériences mystiques ?

Il faillit rire, mais se reprit à temps. Un philistin, de

toute évidence, qui ne se souciait pas de vie spirituelle — pas plus la sienne que celle d'autrui.

— L'usage des scanners est si coûteux qu'on l'utilise seulement pour diagnostiquer et traiter les maladies mortelles, du moins ici.

Je ne le connaissais pas assez bien pour être brutale, mais tumeurs ou pas, mon crâne de soixante-quinze ans irait dans la tombe sans avoir été disséqué — et comment ! Je n'avais pas l'intention de subir une opération, et encore moins si elle devait être exécutée par le Dr Stegman ou ses congénères. Tout ce que je désirais obtenir de ce Metzger, c'était de passer encore quelques scans et électroencéphalogrammes, ce qu'il pouvait m'accorder d'un trait de son stylo de luxe.

— J'apprécie la valeur de l'imagerie du cerveau, dis-je. Avez-vous lu l'interview du Dalai Lama dans le *New York Times* ? Lui aussi s'y intéresse passionnément.

— Je... ça m'a échappé.

— Je vous assure, et il a fait plusieurs séjours aux États-Unis pour rencontrer des scientifiques qui étudient le cerveau des moines zen quand ils sont en méditation...

— Fascinant. On vous fera passer un scanner cet après-midi. Ainsi, vous pourrez confronter vos impressions...

— Merveilleux ! Je vous assure, docteur, que si vous étudiez mes scans avec soin, vous noterez une exceptionnelle activité des centres cérébraux associés à des émotions positives, en particulier la compassion, l'attention aux autres et la spiritualité.

Là-dessus, au moins, il feignit de l'intérêt.

— Oui, je suis sûr que nous verrons des preuves de votre... spiritualité, madame Druse. J'aimerais vous interroger sur vos expériences mystiques. Le Dr Massingale a mentionné dans votre dossier que vous aviez certains... dons.

Hum ! Peut-être n'était-ce pas un être totalement prosaïque, après tout, s'il était curieux de mes dons.

— Comment vous expliquer ? Je suis singulièrement sensible au monde des esprits, au merveilleux et à l'unité de tous les êtres et les choses. D'aucuns appellent cela la « conscience non duelle ». Avez-vous lu *Le Zen et le Cerveau* de James Austin ?

— Non, je devrais peut-être. Ainsi, vous méditez ?

— Chaque jour. Et je prie, aussi.

— Je vous ai demandé si vous aviez eu des sensations curieuses ou des troubles visuels, car il n'est pas rare que des patients fassent l'expérience d'auras ou d'activité épileptique sans s'en rendre compte. Au plan subjectif, le sujet vit la crise comme un rêve éveillé ou une expérience mystique. Une vision d'un certain genre ? Des voix ? Avez-vous déjà senti une présence invisible ? Entendu des voix ?

Je souris et gardai mon quant-à-soi, faisant semblant de fouiller ma mémoire. Ces médecins peuvent être si impitoyables quand on leur livre les détails de sa vie spirituelle. Pour eux, l'imagination, la dévotion religieuse et l'expérience de « l'éveil » sont autant de symptômes de la maladie mentale.

— Des visions, non... seulement la plénitude de conscience qui vient avec la méditation. Pas de voix non plus.

Mais je sais où vous voulez en venir. Vous connaissez la fameuse phrase de Thomas Szasz : « Si vous parlez à Dieu, c'est que vous priez. Si Dieu vous parle, c'est que vous êtes schizophrène. » C'est bien votre idée ?

Je ne crois pas que le Dr Metzger s'attendait à ce qu'une excentrique septuagénaire cite des psychiatres renommés.

— Oh, oui, Szasz. Elle est bien bonne, je la connaissais. La raison pour laquelle nous posons tant de questions sur les auras et les éventuelles crises d'épilepsie, c'est qu'elles peuvent être très nocives. Qu'elles soient vécues comme désagréables et effrayantes, ou agréables et transcendantes, le fait est que ce sont des décharges électriques. Un feu d'artifice de neurones, et ces cellules ne sont pas faites pour décharger de l'électricité à jets continus, comme si on actionnait sans arrêt une chasse d'eau. Elles finissent par s'user, un peu comme des piles. Mais à la différence de piles, on ne peut pas changer les cellules du cerveau.

— La mort de cellules nerveuses serait une tragédie, dis-je. Surtout pour quelqu'un de jeune.

Je le laissai digérer ces paroles. Étais-je en train de sous-entendre que ce ne serait pas une tragédie pour une vieille dame ?

— Je ne suis pas un partisan aveugle des médicaments, docteur Metzger, donc si vous vouliez m'amener à en consommer, n'y comptez pas.

Ma fin de non-recevoir le déconcerta, et comme il semblait préparer une contre-offensive, je me hâtai d'enchaîner sur une proposition de compromis.

— Peut-être que les scans me convaincront de la nécessité de me soigner. J'imagine qu'ils nous serviront à cela, non ? Sinon, on n'en ferait pas...

— Les scans nous en diront plus sur la récente hémorragie consécutive à votre chute, et pourraient nous aider à y voir plus clair sur cette lésion apparemment ancienne ou cette cicatrice au lobe frontal. À ce propos...

Il remua ses papiers et en tira un document qui lui rafraîchit la mémoire.

— Ah, oui... Lorsque le radiologue a regardé les images de ce point au lobe frontal, la vieille cicatrice, il a pensé que cela ressemblait à la séquelle d'une blessure infligée de façon transorbitale.

Je le regardai, attendant une explication.

Il mit son index entre le sourcil de son œil gauche et sa paupière supérieure.

— Par l'orbite. Là... Pas de fracture du crâne dans votre enfance ? Vous n'êtes pas tombée sur quelque chose de pointu ? Personne ne vous aurait mis un crayon ou un bâton dans l'œil ou au-dessus ?

Je fis non de la tête.

— Je m'en souviendrais...

— Sans aucun doute. Vous avez peut-être eu une crise d'épilepsie cette nuit-là en visitant votre amie à l'hôpital, ce qui a provoqué la chute et ce choc à la tête. Voilà pourquoi je vous ai demandé si vous aviez le souvenir de quelque chose d'étrange associé à cette expérience. Pas de trouble visuel ou auditif ? Pas de sensations ou expériences singulières ?

J'arborai mon plus beau sourire et fis les yeux doux et brillants au bon docteur.

— En fait, j'aurais une autre phrase de Thomas Szasz à vous citer...

— Édifiez-moi, madame Druse, je vous en prie.

— Dans le règne animal, la loi est : manger ou être mangé. Dans le monde des humains, c'est : définir ou être défini ! Ne tenteriez-vous pas de me définir, docteur Metzger ?

Élue

Je devais m'être assoupie, car lorsque je rouvris les yeux, Bobby était assis à mon chevet, sa tête hirsute plongée dans les pages sportives du *Boston Globe*.

— Bobby, quelle bonne surprise ! Qu'as-tu découvert à Lewiston ?

Il se pencha pour m'embrasser sur le front, avant de se retrancher de nouveau derrière son journal.

— À quel sujet, m'man ? marmonna-t-il.

— Au sujet de Madeline Kruger... As-tu trouvé une copie de la lettre écrite avant son suicide ?

Il grommela dans son coin.

— M'man, on m'a dit que le seul moyen, c'était de contacter la famille. Les dossiers sont confidentiels. D'ailleurs, il n'est pas certain que ce papier figure dans son dossier. C'est peut-être la police qui l'a, ou le coroner. Tu ne souhaites pas que j'appelle la police ou le coroner, je suppose ?

— Qui va récupérer ses affaires, Bobby ? Elle a deux filles et un fils. Ce sont des adultes, à présent. Des adultes responsables, j'espère ! Quelqu'un va devoir s'occuper de ce qu'elle a laissé dans sa maison. Je veux que tu les joignes et leur dises que j'étais avec leur mère dans ses derniers moments, car l'hôpital m'avait appelée pour m'informer que Madeline avait fait mention de moi. Les derniers mots qu'elle a écrits dans ce monde, Bobby, m'étaient adressés ! Tu comprends ?

Un gros soupir, et il releva son journal, car il ne voulait pas être surpris à regarder la rubrique des paris sportifs. Il sait que je désapprouve qu'il dépense son argent sur des équipes de base-ball.

— J'essaierai. Je peux même me rendre chez eux. Autrefois, ça m'arrivait de siffler une bière ou deux avec Ray Kruger, quand on traînait dans les mêmes bars. Il a vécu un temps à Reno, mais il est revenu parmi nous... Sa vieille... euh, sa maman doit lui avoir laissé de la galette car j'ai entendu dire qu'il s'était remis à parier du fric au billard.

— Bobby, il me faut cette lettre. Je sens que toutes ces choses sont connectées, je ne sais pas comment. De plus, dis-je en indiquant mon premier calepin, qui était presque rempli, j'aurais besoin d'un nouveau carnet. Un gros.

— T'as vachement écrit. Toujours au sujet des esprits ?

— Bobby, je le sens. J'ai été choisie pour quelque chose.

— Choisie pour quoi, maman ?

Je décidai qu'il était temps de soulever un coin du voile.

— J'ai été désignée pour voir des choses qui restent invisibles au commun des mortels.

— Ben, t'as toujours voulu avoir des visions, pas vrai ?

— Voulu, Bobby, mais ça restait un souhait. J'ai vu... je crois que j'ai été choisie pour recevoir des révélations. De même que Swedenborg a pu voyager à travers le ciel et l'enfer et interviewer les anges.

— Oh non, encore lui ! Maman, quand ce n'est pas le Dalai Lama, c'est Swedenborg. Tu peux lire tout ce que tu veux. Tu sais que ça m'est égal. Je suis même allé chez les bouquinistes et dans les bibliothèques pour te trouver des livres épuisés, mais quand tu parles de ça aux gens, tu passes pour une folle.

— Je ne te l'ai pas dit, Bobby, mais j'ai des visions.

— Des visions ? Tu vois dans l'avenir ? Tu crois avoir des pouvoirs surnaturels ? Le don de double vue ? Dis-moi, les Celtics vont foutre une trempe aux Knicks demain ? Et l'infirmière qui s'appelle Carrie Von Trier et qui travaille de nuit au service pédiatrie au Kingdom Hospital, a-t-elle un petit ami ?

— Bobby, j'ai voyagé dans les espaces intermédiaires entre la vie et la mort...

— Maman, déjà que le psychiatre te prend pour une tordue ! Si tu t'obstines à avoir des visions, on va te boucler dans une cellule et te garder tout un mois. Et tu ne pourras pas emmener avec toi ton sac à malices ! Ils auraient trop peur que tu te pendes avec le ruban de ta boule de cristal ! Tu ne veux pas te retrouver chez les loufs, hein ?

Lit 1

Le lendemain matin, deux jeunes infirmières — Jennifer et Tiffany — entrèrent en poussant un chariot chargé de serviettes et autres affaires de toilette. Dans cette mégapole où la maladie et la Mort rôdaient le long des murs comme une brume jaunâtre, ces fraîches et jolies créatures tranchaient par leur énergie tapageuse. Peut-être l'une d'elles pourrait-elle supporter Bobby, s'il perdait du poids et lâchait sa pipe ? Elles me demandèrent si j'étais à mon aise, si j'avais tout ce qu'il me fallait, si j'avais vu mon médecin, et cetera.

— Oui, oui, tout va bien. J'ai seulement hâte de faire la connaissance de ma voisine de lit.

Elles échangèrent un regard.

— On va lui faire sa toilette, déclara Jennifer. Il vous faudra attendre.

Un violent tintamarre se manifesta derrière le rideau, comme si la patiente avait frappé ou secoué ses barres de lit.

— Oh, dis-je. Elle est donc réveillée ?

Nouveau coup d'œil entre elles.

— Elle est réveillée, mais... euh, mieux vaut ne pas la déranger, expliqua Tiffany. (Là, grand sourire forcé.) Le Dr Stegman vous permet de vous déplacer. Vous ne voulez pas aller faire un tour ? Vous dégourdir les jambes ?

— Le jour où j'aurai besoin de sa permission pour marcher...

Je dois admettre qu'une balade n'était pas pour me déplaire. Aussi, ayant enfilé ma robe de chambre et mis mon cristal à mon cou, je partis en chaussons explorer les alentours.

Au moment de passer la porte, j'entendis les deux filles s'affairer et jaser derrière le rideau.

— Restez à cet étage, madame Druse !

— Sinon, on ira vous chercher par la peau du cou !

Elles semblaient de fort bonne humeur, et je les laissai à leur besogne pour m'aventurer dans le vaste monde du centre hospitalier de Boston.

Si la petite séance avec le Dr Metzger m'avait troublée, je suppose, c'est qu'il pouvait avoir raison. À ma connaissance, je n'avais jamais subi de crise d'épilepsie, et ma neurologue attitrée, le Dr Massingale, ne m'avait jamais parlé de cela. Bien entendu, je savais que l'épilepsie peut revêtir diverses formes ; pas seulement celle, bien connue, du « haut mal », où le malade s'écroule, l'écume aux lèvres. Les médecins d'ici devaient se demander si je n'étais pas sujette à des crises mineures, difficiles à détecter à l'examen clinique.

Nul doute que si je m'étais confiée au Dr Metzger en lui donnant les détails de mon expérience de mort imminente, il m'aurait cataloguée comme épileptique. J'avais mal à la tête et les parties endolories de moi-même étaient prêtes à croire tout ce qui pourrait expliquer ce qui m'était arrivé en cette nuit de décembre, au Kingdom Hospital. Toute ma vie, j'avais attendu la visite d'un ange, une vision, un voyage hors de moi-même, une visitation si stimulante que je resterais béate de joie devant un monde plein de merveilles et que je verrais de mes yeux décillés ce que ma foi m'avait déjà enseigné depuis des décennies : que le royaume spirituel, bien qu'invisible, est inséparable du monde matériel et que la vie circule de l'un à l'autre comme du sang. Pas d'ici-bas. Pas d'au-delà. Une grande unité ! Et Sally Druse, au beau milieu de tout ça !

Et si l'épilepsie pouvait expliquer tous ces phénomènes extraordinaires ? Pas seulement le cadavre de Madeline grouillant de fourmis, mais cette joie transcendante qui m'envahissait lorsque j'étais en méditation ? Eh bien, quoi ? Et si le vaste paysage intérieur de ma vie spirituelle était le fruit d'une lésion ?

Une foule de patients et de travailleurs hospitaliers défilaient dans les couloirs. Malades et bien-portants. Je dévisageais ceux qui me croisaient en me demandant quelle aberration de la chimie de leur cerveau ou quel syndrome organique avaient modelé leur personnalité. Cet épouvantable bonhomme, le Dr Stegman, avait-il en lui la bosse de l'outrecuidance ? Et si oui, serait-il d'accord pour se la faire ôter au bistouri ? Avait-on jamais proposé à Barbra Streisand ou Rush Limbaugh une petite intervention pour leur ôter l'envie de dire autant d'insanités ?

À mon retour de ma petite excursion, la chambre était calme et je résolus de faire connaissance avec ma mystérieuse compagne, qui apparemment était trop malade pour m'entendre ou réagir à ma voix, et qui avait besoin de deux infirmières pour sa toilette.

Je m'assis sur mon lit, face au rideau nous séparant. Les

rayons obliques du soleil matinal passaient par les fenêtres et le bouquet de Bobby semblait encore plus joli en plein jour.

— Madame Conlan ? Je suis Sally Druse, votre nouvelle voisine et j'aimerais vous voir, si le moment est opportun…

Personne ne répondit, même si, au bout de trente secondes, j'entendis un faible gémissement, suivi d'un gargouillis, puis d'un nouveau bruit de ferraille, comme si Mme Conlan avait saisi les barres du lit pour les secouer.

Aimable comme je le suis, je me relevai pour aller au pied de sa couche, là où les deux pans de toile laissaient une petite fente. Le rideau de lin tamisait la lumière trop crue du soleil, nimbant cette alcôve d'une clarté surnaturelle.

Sur le lit, une silhouette décharnée, livide, était étendue sur le dos. On avait calé à ses côtés des oreillers, sans quoi j'avais l'impression qu'elle se serait recroquevillée en position fœtale pour se laisser mourir. Elle paraissait jeune — la trentaine — mais dans ses traits grimaçants s'inscrivait toute une existence de souffrance. Son cou était tendu et arqué, comme si elle tentait de voir en arrière. Elle semblait bien réveillée, mais ses globes oculaires étaient révulsés dans leurs orbites creuses et bistres, où seule la gravité terrestre contrôlait leurs mouvements apathiques. De même, sa bouche était entrouverte et devait l'être en permanence, et son menton tremblait à chaque inspiration. Ses mains étaient crispées devant elle comme les serres d'un oiseau mort, et des attelles attachées aux poignets empêchaient les doigts de s'enrouler sur eux-mêmes. Sous mes yeux, elle se mit à remuer les lèvres comme si elle mastiquait sans jamais avaler. Elle était d'une maigreur effroyable, déchet humain rejeté du grand banquet de la Nature, sa misérable carcasse éclairée par une lumière radieuse trop dure pour mes pauvres yeux et mon tendre cœur.

Je compris la cause du bruit de ferraille : elle était menottée aux barres en acier du lit, et de temps en temps, ses bras agités d'un spasme les secouaient.

— Pauvre madame Conlan, dis-je à voix haute, mais les mots étaient vains.

On frappa à la porte. C'était un garçon de salle qui poussait un fauteuil roulant, et derrière lui, mon fils Bobby.

— Allons, maman, dit Bobby. On va en haut prendre des photos de ton ciboulot...

Le cerveau d'E. Druse

D'autres scans ! Comme c'était amusant. Je n'avais pas eu le culot de dire au Dr Metzger que je ne laisserais jamais le Dr Stegman, ou ses pareils, tripoter mon cerveau, malgré ce que les scans pourraient montrer. (Il y a quelque chose en droit qu'on appelle : « consentement éclairé ».) Mais je ne voyais aucun inconvénient à assouvir notre mutuelle curiosité concernant ce qui se tramait sous mon crâne.

Bobby et son collègue me véhiculèrent jusque dans une aile à part qui devait être réservée exclusivement au domaine du cerveau. Tous les panneaux aux murs commençaient par *neuro* — neuropharmacologie, neuropsychologie, neurophysiologie.

Enfin, au bout d'un couloir sans fenêtre, nous arrivâmes devant une grande porte munie d'une grosse poignée qui ressemblait à l'entrée de la salle des coffres dans une banque. Le technicien, un plaisant jeune homme nommé Michael Baxley (un type de Portland, dans le Maine !) en sortit pour m'informer sur les champs magnétiques ultrapuissants auxquels j'allais être exposée et m'interrogea en détail sur les composants métalliques que je pouvais avoir acquis au cours de mon existence — prothèses, stimulateur cardiaque, vis orthopédiques, éclats d'obus...

— Savez-vous que le Dalai Lama s'intéresse de près à l'imagerie du cerveau ? lui demandai-je. Il fait équipe avec plusieurs neuroscientifiques qui observent le cerveau des moines bouddhistes afin de mesurer ce qui arrive aux cellules nerveuses durant la méditation.

— Pas possible ! s'écria Michael Baxley. Première nouvelle...

— M'man, lâche un peu le Dalai Lama, tu veux ? dit Bobby.

Mon intérêt pour le Dalai Lama le gênait, sans doute. Mais pourquoi ? Moi, je ne suis pas gênée par sa passion pour la bière et les Red Sox, ou quand il écoute son foutu album d'ABBA à longueur de journée.

Au moment de pénétrer dans la salle, j'étais aux anges. Mon assurance devrait couvrir la plus grosse partie de la note et j'avais bien envie de faire payer à ces chercheurs le droit d'examiner le cerveau d'Eleanor Druse. Si seulement je pouvais me plonger en méditation ou dans un état de prière profond avant les photos, je leur fournirais une image digne de figurer dans les annales !

Les techniciens me préparèrent comme s'ils s'apprêtaient à me propulser dans l'espace. Je devrais me tenir immobile tandis que l'IRM fonctionnait, me dit-on. Je pourrais les entendre et leur parler, tandis qu'eux-mêmes seraient en mesure de me dire quand me tenir tranquille, et quand je pourrais souffler et me trémousser pour rétablir la circulation sanguine dans mes pauvres membres engourdis.

On m'enfourna dans un gigantesque cylindre. J'avais la sensation que mon petit crâne avait été niché dans quelque vaste turbine cosmologique.

À l'intérieur, à hauteur de mes yeux, je vis une petite plaque métallique où étaient gravés des lettres et des numéros, un code ou numéro de série, une longue séquence alphanumérique dénuée de sens.

— Bon, madame Druse, dit Michael, on va commencer. On ne prend pas de photos maintenant, c'est juste pour chauffer la machine, d'accord ?

— Go ! dis-je.

Je commençai à méditer avec application, m'efforçant de me glisser aussi vite que possible dans le puissant mais délicat flux existentiel qui s'écoule juste au-dessous du niveau de la conscience.

— Madame, Druse, la machine est fin prête et il va falloir vous tenir absolument immobile. Vous voulez bien ?

— Je serai comme une statue !

Je me concentrai sur les lettres et numéros, qui devinrent un message chiffré baigné d'une lueur céleste. Je n'avais pas plutôt cillé qu'ils se métamorphosèrent juste sous mes yeux en symboles occultes ou cryptogrammes, iridescents et changeants, comme si les données d'immatriculation de la machine clignotaient sur un écran à affichage numérique.

Je fermai les yeux afin de me fondre dans l'univers matériel. J'ai pratiqué le yoga et la méditation pendant la plus grande partie de ma vie adulte et peiné sur le chemin escarpé qui mène à l'auto-transcendance mystique. Enfin, je l'ai vécu, là dans ce scanner : mon premier véritable état de conscience extraordinaire. La frontière entre moi et le reste de l'univers s'était dissoute. Je n'étais plus moi-même regardant la matière, j'étais la matière me regardant. La coque en polyuréthane qui m'entourait était toujours là, mais c'était aussi une enveloppe parfaite, profonde et fondée en essence. Comme moi, elle appartenait à l'éternité. Je n'avais rien à faire, à dire ; je n'avais pas à être ni à penser. J'étais. J'étais Brahma, l'Être unique et absolu animant et soutenant la totalité de l'univers, et à chaque fois que je respirais, j'exhalais un nouveau monde.

À l'extérieur, Michael Baxley découpait ma cervelle en feuillets colorés semblables à des vitraux, qui seraient étudiés par des ordinateurs, mais ici, de mon côté, j'enfantais par mon souffle un univers splendide après l'autre.

J'avais hâte de tout raconter à Bobby, et je veillais à ne

pas bouger, ce qui aurait gâché les photos qu'on prenait de ce grand événement.

La lettre

Bobby n'est pas la page la plus indéchiffrable du livre de l'Humanité. Lorsqu'il entra dans ma chambre pour s'asseoir à mon chevet sans apporter le journal, je compris qu'il se passait quelque chose.

Les mots ne furent pas nécessaires. Je l'ai regardé ; il détourna les yeux. Puis il plongea la main dans son manteau pour en retirer deux feuillets.

— J'ai bu une bière avec Ray Kruger.

— Bravo, fiston. Tu as donc la lettre de Madeline ?

Réussir du premier coup n'a jamais fait partie de son répertoire. Il grimaça et regarda de nouveau ailleurs.

— Ray dit que sa sœur aînée, Hilda, est l'exécutrice testamentaire de leur mère. Quand il lui a demandé si Madeline n'avait pas laissé de mot pour expliquer son geste, Hilda s'est fâchée, disant que leur mère aimait écrire, et qu'elle racontait toujours des trucs bizarres, des histoires d'épouvante, y compris des textes où des personnages laissent des lettres avant de se suicider.

— Je vois. En ce cas, demande à Hilda si on ne pourrait pas lire le dernier texte de sa mère où un personnage nommé Madeline aurait écrit une lettre sur une certaine Sally Druse avant de se supprimer !

— Maman, ils sont catholiques. On ne peut pas parler de suicide : ce serait leur dire que leur maman est en enfer. D'ailleurs, Ray m'a dit qu'il ne laisserait jamais personne lire ce truc. Trop perturbant, d'après lui. Sa mère était dans un état second quand elle a écrit ça...

— Ça ne me regarde pas, si elle est en enfer ou pas. Tout ce que je veux, c'est voir ce qu'elle a écrit pour moi dans cette lettre.

Bobby sourit.

— Justement, maman ! Je l'ai interrogé sur le passage te concernant. Sa sœur lui a laissé voir cette lettre, et il a essayé de recopier les parties t'intéressant quand elle ne regardait pas. Il n'est pas sûr d'avoir bien tout, mais il a fait de son mieux. Il te prie de n'en parler à personne, sinon Hilda va l'étriper.

— C'est bon, Bobby. Je serai muette comme la tombe. Lis-moi cela pendant que je cherche mes lunettes.

— Voyons, marmonna Bobby. Il a raison sur un point, m'man : c'est bizarre de-chez-bizarre. Et fleuri, comme style. Il manquait plusieurs touches à sa télécommande, si tu veux mon avis. Voilà :

« Dieu a donné à Sally Druse une mémoire plus clémente que la mienne. Je ne troublerai pas sa paix avec des souvenirs cruels. Nous étions petites lorsque le Mal nous a approchées, mais notre enfance est vieille de milliers d'années et plonge au-delà de la mémoire d'un homme. Sally a oublié ses cicatrices. Mes propres blessures continuent à suppurer. J'ai demandé à

Dieu le pardon et l'oubli, mais Il ne m'a pas exaucée. Je quitte cette vie en sachant que j'ai vu le Malin sous sa pire forme ici, parmi les vivants. Je ne pourrai qu'améliorer mon sort en me précipitant dans la maison secrète de la mort. »

Lorsque Bobby eut fini sa lecture, j'avais retrouvé mes lunettes et tremblais de tous mes membres. Je sentais de nouveau un grand froid intérieur, comme la nuit où Madeline s'était suicidée. Un souvenir affreux, détaché de mon moi, s'efforçait de faire irruption dans ma conscience. C'était comme si j'avançais à tâtons le long d'un mur, cherchant une ouverture pour pouvoir découvrir ce qui se trouvait de l'autre côté.

Mes mains tremblaient lorsqu'il me tendit le morceau de papier, que je lus attentivement. *...une mémoire plus clémente que la mienne... Nous étions petites lorsque le Mal nous a approchées...*

Une fois de plus, la terrible sensation qu'un souvenir se dérobait à moi. Fallait-il continuer à avancer le long de ce mur, au risque de tomber sur une macabre découverte ?

Bobby tenait toujours le second document.

— Et ça, qu'est-ce que c'est ?

— Cette lettre, c'est l'original que Ray a bien voulu me donner parce que sa mère l'avait écrite pour toi, le soir de sa mort. Lorsqu'elle s'est réveillée à l'hôpital en parlant de façon décousue de toi, on lui a demandé si elle voulait te faire passer un message et elle a écrit ceci. C'est incompréhensible. Elle devait être abrutie par les drogues. C'est à ce moment-là que je t'ai téléphoné.

Il me tendit une feuille de papier à l'en-tête de l'hôpital. Gribouillés en grosses lettres torturées, ces mots :

CHÈRE SALLY, LA PETITE FILLE QUI NOUS A SAUVÉES EST TOUJOURS PERDUE. ELLE EST REVENUE DANS LE REPAIRE DES VIVANTS. L'INCENDIE NE L'A PAS TUÉE. ELLE A BESOIN DE NOUS. VIENS ME VOIR.

Au bas, elle avait signé à la façon d'une écolière : MADDY KRUGER, 2 novembre 1939.

— En cas d'incendie, brisez la glace...

Bobby me fixa en fronçant les sourcils. On aurait dit une vache ruminant une pincée de tabac au lieu de son bol alimentaire.

— Qu'est-ce que tu dis, maman ?

— Je ne sais pas. J'ignore pourquoi j'ai dit cela. Ça m'a pris l'autre nuit...

Il leva les yeux au ciel et me regarda de nouveau, comme s'il s'attendait à voir une nouvelle tête pousser sur l'actuelle.

— Bobby, qu'est-ce que ça signifie ? « La petite fille qui nous a sauvées » ? Qu'est-ce que ça peut bien vouloir dire ?

— Ça signifie que Mme Kruger était zinzin, m'man !

— Le feu ne l'a pas tuée ? Quel feu, Bobby ? Quelle petite fille ? Pourquoi n'en ai-je aucun souvenir ? C'est l'Alzheimer, je sais. Si j'ai ça, tu me donnes en pâture aux requins, d'accord ?

— Novembre 1939... et elle parle d'un incendie. Ce n'est

pas l'époque où l'ancien bâtiment a été détruit par les flammes, maman ? Je pourrai vérifier la date de reconstruction sur la pierre angulaire lundi, en reprenant le travail.

— J'ai séjourné dans l'ancien bâtiment. Avec Madeline. On avait la coqueluche. Mais je ne me souviens de rien, Bobby. Je n'ai jamais eu le moindre souvenir de ce séjour. La fièvre, paraît-il... Ça effacerait tout...

La petite fille qui nous a sauvées est toujours perdue ?

La famille

Ce soir-là, Dave, le mari de Nancy Conlan, vint la voir en amenant sa mère en renfort. Ils se pointèrent juste après l'heure du dîner avec des fleurs fraîches, un édredon, des cartes et lettres à disposer sur sa tablette, et un nouvel instantané à ajouter à sa collection de photos sur la table de nuit — chacune représentant Nancy et ses trois enfants.

Dave Conlan avait les épaules carrées, des biceps saillants et se tenait perpétuellement voûté, comme s'il avait passé sa vie à soulever des haltères. Il avait les cheveux taillés en brosse dans le style des années cinquante et des yeux d'un bleu uniforme dont le regard inexpressif indiquait que leur propriétaire était sur pilotage automatique — sans doute depuis l'époque où sa femme ne s'était pas réveillée d'une banale opération consistant en l'ablation d'un kyste situé près du bulbe rachidien.

Sa mère, Virginia, avait la cinquantaine et portait une

blouse noire d'esthéticienne et un macaron où était inscrit : HELENA, LA CLINIQUE DU CHEVEU en rose, avec un logo également rose représentant une chevelure et des ciseaux. Ses ongles manucurés étaient trop longs, trop rouges, et elle avait la teinture capillaire et la coiffure outrageusement recherchée d'une professionnelle de la beauté.

Elle me montra une photo de Nancy et ses trois enfants réunis autour d'une table pliante, quelque part dans un passé irrémédiablement perdu, un golden retriever dans leurs jambes. Les trois gosses soufflaient dans des formes en fil de fer pour créer des bulles de savon, dont plusieurs spécimens flottaient au-dessus de leurs têtes. Le sourire de Nancy était incandescent ; ses yeux pétillaient tandis qu'elle tendait la main en l'air, ses cheveux brillaient au soleil, ses doigts fins tâchaient d'atteindre une grosse bulle molle et irisée, chose diaphane d'une beauté intense flottant juste hors de sa portée.

Est-ce pour cette raison que Dieu a permis à l'Homme d'inventer la photographie : pour prouver que le bonheur est plus qu'un objet de nostalgie ? que nous en faisons l'expérience, quelquefois ?

Lorsque je serrai la main calleuse de Dave, ce fut comme si j'avais glissé mes doigts dans la patte d'un catcheur. Je frémis en songeant à ces trois petits, au salaire gagné par le labeur de ces grosses mains rudes, destiné à entretenir la vie de cette chose atrophiée, pathétique mémorial commémorant une horrible catastrophe.

Virginia ajouta la photo à la collection sur la table de chevet et il y eut un moment de gêne, car je sentis qu'elle voulait tirer le rideau pour être libre de sangloter à son aise. Mais elle croisa mon regard et dut craindre de se montrer impolie, car elle le laissa ouvert. C'eût été une gaffe de ma part que de l'inviter à le fermer.

Tous deux se placèrent autour du lit pour la regarder respirer pendant une minute ou deux. Puis Virginia brossa les cheveux de Nancy tout en déplorant sa pâleur due au fait qu'on ne pouvait plus l'emmener dehors en fauteuil roulant, car elle était raide comme du bois, et à la présence de la sonde stomacale.

— Encore ces plaques blanches..., dit-elle à son fils. Regarde... Fais-moi penser à demander à l'infirmière le nom du médicament qu'on utilisait pour lui nettoyer l'intérieur de la bouche. Voilà, Nan, c'est fini. Davy est ici...

Ensuite, les parents de Nancy arrivèrent, Renn et Margie. Margie était une faible femme, timide, trapue et boulotte, en jupe paysanne et sweat-shirt en polyester, dont les cheveux roux étaient noués par un élastique au petit bonheur. Renn était un monsieur ventru au teint fleuri, moulé dans une chemise rouge de bowling qui contenait à peine sa prodigieuse bedaine. Au-dessus de la poche gauche était inscrit son prénom, que l'on retrouvait avec le nom de son équipe dans le dos.

— La petite ne s'est pas encore réveillée ? demanda-t-il.

Personne ne lui répondit et personne ne s'offusqua. Je sentis que c'était une phrase qu'il prononçait dès son arrivée, et qu'il continuerait à le faire tant qu'on maintiendrait en vie celle qui avait été sa petite fille.

Tiffany, l'infirmière, vint ôter le thermomètre placé sous l'aisselle de Nancy.

— Comment va-t-elle ? demanda Renn.

— Sa tension est redevenue normale. Pas de fièvre. Ses électrolytes sont meilleurs avec la nouvelle sonde. Elle expulse plus d'urine, un bon point.

— Et ses escarres ? demanda Virginia.

— On les a débridées aujourd'hui. Le dermatologue affirme que ça s'améliore.

— On va lui faire de nouveaux examens du cerveau ?

— Je ne crois pas. On ne m'en a pas informée.

— Au début, intervint Renn, il était question d'une nouvelle opération pour arranger les choses. Ça n'est plus d'actualité ?

Je vis Virginia prendre sa mine « Et c'est reparti » ; Dave, lui, se contentait de fixer sur Nancy son regard absent.

— Il faudrait demander aux médecins, répondit doucement Tiffany. Peut-être à une des neurologues, le Dr Cantrell ou le Dr Mayfield... ?

Puis, elle prit un ton badin, comme pour le gourmander :

— Avez-vous fait cette liste de questions comme je vous l'avais conseillé ? Pour ne rien oublier quand vous les rencontrerez ?

— Oh..., dit-il en se dandinant sur place, et je le vis rougir au contact de la vitalité naturelle de Tiffany, de sa beauté, son assurance parfaite quand il s'agissait de ces pénibles questions concernant la mort et les maladies en phase terminale.

En dépit de sa jeunesse, ces tristes situations étaient déjà de la routine pour elle. Les lésions cérébrales lui étaient aussi familières qu'un trou à son bas ou un fruit gâté.

— Alors, cette liste ? demanda-t-elle à Margie d'un ton légèrement grondeur.

Margie secoua la tête.

— Il parle. Il mange. Il boit. Et ça s'arrête là. Bowling le jeudi soir.

— Elle ne s'est pas réveillée une seule fois ? demanda Renn.

— Eh bien… si, mais je ne l'ai jamais vue manifester la moindre réaction.

Elle pencha la tête sur son épaule et haussa ses sourcils épilés.

— Désolée…

— Tu vois ? dit Renn à Margie. Elle se réveille. Ce n'est pas ça, le problème. Donc, il y a de l'espoir !

Margie se mit à pleurer en silence. Virginia prit la main de son fils. Tiffany se dirigea vers la porte, mais Renn la rappela.

— Dites aux docteurs que je veux leur parler. Et j'aurai ma liste. Entendu ?

— Oui, chef ! dit Tiffany. Je les préviendrai.

Le cristal canalisateur

Je m'efforçais de ne pas être indiscrète, malgré le rideau entrouvert. Fouillant dans mon sac, j'en sortis mon cristal canalisateur. Lorsque j'ai un problème qui résiste aux pouvoirs destructeurs de la raison, je prends un bon cristal canalisateur qui me sert à plonger en moi-même pour solliciter mes ressources intérieures.

Un bon pendule facilite le contact avec le subconscient, l'inconscient jungien et tous les autres royaumes non cartographiés du monde intérieur, qui échappent au débile faisceau lumineux de la simple conscience. Lorsqu'on pose une question au pendule, la réponse provient de nos propres vibrations intérieures. Tenant le cristal dans ma main, j'effleurai les points de terminaison des pouces et des index, et fermai les yeux. Les voix des visiteurs s'écoulaient sans retenir mon attention, de même que les images. J'attendais l'inspiration.

— Qu'est-ce que c'est, ma petite dame ? demanda Renn.

J'ouvris les yeux pour me présenter à lui et à sa femme.

— C'est quoi ? Sans vouloir être indiscret...

Je lui montrai mon cristal.

— Venez voir ! dit-il en faisant signe à Virginia et Dave d'approcher. À quoi ça sert ?

— Oh, ça m'aide à concentrer mes énergies mentales. Si je ferme les yeux et médite tout en le tenant, cela contribue à canaliser l'énergie issue de mon subconscient.

— Ouh là ! Regardez, ça fait des arcs-en-ciel aux murs.

— On peut voir l'avenir avec cela ? demanda Virginia.

— Seulement au cinéma... Si vous avez le bon cristal au bout d'un ruban et l'utilisez comme pendule, vous pouvez quelquefois recevoir des conseils, mais cela vient de vous-même et non du futur ou des esprits.

— Hé ! dit Renn. On m'attend au bowling. La prochaine fois, vous pourrez lui poser des questions pour mon compte ?

— Avec joie...

Stegman

J'étais sur des charbons ardents en attendant mon entrevue officielle avec les médecins au sujet de mes scans. Non seulement j'avais connu une véritable illumination, mais elle était vérifiable, tout s'étant déroulé sous l'œil du scanner. Ils étaient en retard, sans doute encore là-haut, à se repasser le film, incapables de se détacher de ce spectacle mémorable. Peut-être mes scans les inciteraient-ils à entreprendre une toute nouvelle étude ici, au Boston General Hospital, sur l'imagerie du cerveau et les états mystiques. Mes scans paraîtraient peut-être dans *Science* ou *Nature*, aux côtés de ceux d'un moine tibétain en plein nirvana !

Comme c'était passionnant ! J'éprouvais des remords à l'idée d'avoir autant de chance alors que ma voisine dépérissait. Ce matin, elle n'avait cessé de grimacer, d'avoir des haut-le-corps, des mouvements spasmodiques, tirant sur ses menottes et secouant sa couche. Comme j'interrogeais Claudia sur l'utilité des menottes aux soins intensifs, elle m'avait répondu que les infirmières devaient en faire usage pour empêcher les patients d'arracher leurs sondes. En l'occurrence, Nancy s'était déjà débarrassée de la sienne par deux fois.

Ce matin, alors que j'attendais les médecins, elle avait

ri franchement, ou du moins aurait-on dit un rire, sinistre à souhait. Je me levai pour aller la voir. Elle me paralysa d'un seul regard, qui me transperça de part en part. Lorsque sa respiration reprit, on entendit un son rauque et le trou noir de sa bouche se dilata avant de se contracter. Elle fit la moue, sa bouche se remit à remuer comme si elle mordillait un os avec ses lèvres, puis ses globes oculaires se révulsèrent et ce fut tout.

Il y avait peut-être encore en elle quelques étincelles de lucidité — de quoi lui faire comprendre que c'était une sonde qui la maintenait en vie, et peut-être comprenait-elle à sa façon que ça ne pouvait plus durer. Mais l'administration en avait décidé autrement, et on l'avait donc ligotée.

J'avais demandé à Tiffany — ou était-ce Jennifer ? (je les confondais) — de lui administrer un calmant avant la visite de sa famille, ce soir-là. C'était navrant de l'imaginer en train de grimacer, de rire ou de se débattre dans ses liens sous les yeux de ses proches.

J'entendis une voix agressive, que je reconnus aussitôt.

— Bonjour, madame. Comment nous portons-nous, aujourd'hui ?

Pour cette excursion, le « mâle alpha » avait amené une cour réduite ne comprenant que son fidèle lieutenant, le Dr Metzger, et trois autres médecins.

Tandis qu'il prenait le fauteuil de Bobby, les autres se placèrent contre le radiateur et l'appareil de climatisation, qui servait d'étagère d'appoint pour poser la literie et autres fournitures. Stegman utilisa ses pouces opposables pour manier un ordinateur portable, tandis que le Dr Metzger me présentait les deux « femelles matures », le Dr Cantrell et le Dr Mayfield, toutes deux neurologues, et un « mâle sous-dominant », le Dr Gilmore, radiologue spécialisé dans l'imagerie à résonance magnétique. Je scrutai son visage pour y trouver les traces de sa stupéfaction à l'examen de mes remarquables scans ; en vain. Bien au contraire, il me gratifia d'un sourire tiède et se mit à réviser ses notes pour en faire la « présentation » à Stegman.

Dès la fin de l'introduction, ce dernier écarta son ordinateur gadget, secoua sa crinière bouffante, et déclara :

— Madame, il n'est que temps de mettre les choses au clair entre nous.

Je regardai les autres, mais ils avaient le nez dans leurs notes.

— Grâce aux électroencéphalogrammes et aux scanners, nous sommes presque sûrs que vous êtes épileptique.

Mes mains tremblaient dans mon giron, mais comme je ne voulais pas montrer ma peur à cette brute, je serrai mon cristal canalisateur (je l'avais mis à mon cou, sachant que Mussolini allait venir).

— Vous avez des preuves ? Je n'ai jamais eu de crises d'épilepsie, dis-je d'une voix timide. Pas que je sache, en tout cas...

— Je vous assure que vous avez des crises partielles, de nature complexe. Fréquentes, sans doute. Causées plus que probablement soit par l'hémorragie que vous avez subie récemment au lobe temporal, soit par l'irrégularité plus intrigante, et plus ancienne, au lobe frontal.

— Vous vous trompez ! (Ma voix chevrotait, malgré mes efforts pour me dominer.) Je crois avoir une explication : je me suis plongée volontairement dans une transe pour l'examen. J'ai médité avant et pendant la séance, curieuse de savoir quelles parties de mon cerveau étaient activées par la méditation. Par bonheur, j'ai connu une véritable illumination, et vous avez pris l'énergie dégagée par cette expérience mystique pour les décharges électriques d'une vulgaire crise d'épilepsie.

Stegman se pencha et me dévisagea comme s'il avait été un éminent entomologiste et moi une espèce rare de bestiole épinglée et remuant les pattes. Là, il prononça le plus glaçant des mots figurant dans le vocabulaire d'un médecin, un mot propre à exciter la terreur dans le cœur de tous les patients qui l'entendent prononcer pour qualifier leurs troubles ou leur maladie : « Intéressant ». Sur les lèvres d'un médecin, l'adjectif augure des mois d'examens, de peine, de souffrance et d'affaiblissement progressif, tandis que le complexe médico-industriel contribue de toute sa puissance technologique à l'exploration des fascinants dédales du problème. On ne reculera devant aucune dépense pour comprendre et expliquer le trouble *intéressant*, jusqu'à ce que le mystère soit éclairci... même si, comme c'est souvent le cas, cela se fait à l'autopsie, après le décès du patient. « Très intéressant » peut être encore pire. L'ancienne malédiction des Chinois — *Puisses-tu vivre des temps intéressants* — pourrait donner, dans nos sociétés modernes : *Puisses-tu souffrir de maladies intéressantes.*

— Madame, je pense que le Dr Metzger a été trop délicat, l'autre jour, en ne faisant que suggérer que vous pouviez souffrir d'épilepsie. Mes confrères psychiatres, avec leur âme de boy-scout, redoutent toujours de nuire au fragile ego du patient et, en conséquence, préfèrent tourner autour du pot... Il vous a interrogée sur vos symptômes et vous vous êtes montrée évasive...

— Je lui ai dit ce qu'il avait besoin de savoir, et non ce qui ne le regardait pas...

— Nous avons une longue expérience de ces questions. Vous avez ce qu'on appelle une « personnalité épileptique ». (Acquiescement général.) Et comme vous n'avez guère été coopérative jusqu'à présent, je vais vous expliquer de quoi il retourne...

Il fit mine de prendre des notes au sujet d'autre chose, peut-être un autre patient, tout en débitant à toute allure les ennuyeuses particularités de ma condition.

— Dernièrement, vous avez éprouvé des sensations extrêmes, des hallucinations : odeurs, visions, sons, voix bizarres. Certains patients évoquent un « embrasement » des sens, signifiant par là que ce qui était tout bonnement plaisant, ou pas, a pris des proportions gigantesques. Au lieu d'une agréable sensation, vous connaissez l'extase ; à la place du désagréable, vous êtes confrontée à des visions terrifiantes, traumatisantes ou au sentiment accablant d'une fatalité. Vous montez régulièrement au paradis, ou bien c'est la fin du monde. Vous sentez la présence de Dieu ou du Diable dans votre existence comme jamais auparavant. Peut-être vous semble-t-il avoir saisi le véritable sens de la Vie, la raison d'être de l'univers. Ou bien vous avez vu la fin des Temps, entendu la voix des anges ou des démons. Rien que de très banal pour les gens comme vous...

Là, il tapota mon carnet à spirales, qui était ouvert sur ma tablette ; ne restaient plus que deux pages vierges.

— Hypergraphie. Symptôme courant d'une personnalité épileptique. On écrit beaucoup, parce que, bien sûr, Dieu ou le Diable parle et il faut noter tout cela. Il faut bien tenir un compte-rendu scrupuleux de toutes ces expériences pour ceux qui n'ont pas autant de chance que vous...

Sa main se tendit vers mon calepin.

— Vous permettez ?

Je le raflai pour le serrer contre ma poitrine, mettant mon cristal par-dessus pour faire bonne mesure.

— Aucune importance. Je puis vous assurer que nous avons déjà une littérature abondante traitant d'extase mystique et de révélation divine. N'est-ce pas ?

Les autres n'acquiescèrent pas, n'approuvant pas ses manières, mais ils partageaient visiblement ses idées générales. Je tremblais devant tant d'agressivité.

— Je suis chirurgien, madame, pas psychiatre ni neurologue. Il m'incombe la tâche ingrate de vous dire la cruelle vérité. Si vous laissez ces orages électriques continuer à dévaster votre lobe temporal, votre cerveau en sera irrémédiablement abîmé. La chirurgie est le dernier recours. Notre première ligne de défense : la thérapie médicamenteuse, car si l'on peut contrôler l'activité épileptique grâce aux médicaments, on n'aura pas à vous ouvrir le crâne pour voir ce qui provoque ces crises...

Les autres opinèrent solennellement et semblèrent approuver tout ce que le gorille avait dit. Donc, contente ou pas, et que Stegman soit une brute arrogante ou un génie (voire les deux), il me fallait accepter le fait qu'au moins cinq médecins exerçant dans un établissement très en pointe estimaient que j'avais des troubles épileptiques justiciables d'un traitement. C'était comme si on venait de m'apprendre que je souffrais d'un trouble de la personnalité multiple et que j'allais rencontrer mes autres moi-même dans l'après-midi.

En tout cas, je ne pouvais plus souffrir la brute arrogante qui semblait tout savoir de ma pathologie sans avoir apparemment réussi à se mettre mon nom ou prénom dans le crâne, vu la fréquence exaspérante avec laquelle il me donnait du « madame ».

— Vous ai-je dit que le Dalai Lama s'intéresse vivement à l'imagerie du cerveau ?

Il ouvrit la bouche, mais rien n'en sortit. Au moins cessa-t-il de prendre des notes. Son regard se fit encore plus perçant et il haussa un sourcil.

— Très intéressant. Madame, nous sommes des scientifiques. Notre pratique médicale suit des données fiables basées sur des études sérieuses.

— Justement, des études scientifiques ont montré que certaines personnes ont des expériences religieuses quand leurs lobes temporaux sont stimulés par des champs magnétiques. C'était dans un numéro spécial de *Newsweek* de l'an dernier, intitulé « Religion et Cerveau ». Voudriez-vous que je vous en procure un exemplaire ?

— Les expériences religieuses, ce n'est pas mon rayon. D'autres études montrent que vingt millions d'Américains réduisent leurs déplacements et s'abstiennent d'entreprendre quelque chose d'important le vendredi 13. Qu'est-ce que ça prouve ?

— Je crois que votre scanner a enregistré une puissante expérience religieuse, docteur Stegman. Ma foi est très forte.

— Vous *croyez* ! (Gloussements.) Votre foi est très forte ! Faites-moi penser à vous emmener visiter notre service psychiatrique, madame. Je pourrai vous présenter tout un tas de Napoléon Bonaparte, ainsi qu'une belle palette de croyances, dont aucune ne prouve rien.

Sur ce, sans attendre de réplique, il se leva, sortit un petit dictaphone et s'éloigna avec le Dr Metzger. Il dictait tout en marchant.

— Traumatisme cérébral. Chambre 959, lit 2.

Je vis le Dr Metzger se dépêcher de brandir ma fiche et désigner mon nom, que Stegman se mit à lire :

— Mme Eleanor Druse. Patiente adressée au Dr Metzger pour une prise en charge médicamenteuse de l'épilepsie et une évaluation en psychiatrie gériatrique pour écarter l'hypothèse de démence sénile, avec possibilité de la mettre sous médicaments antipsychotiques. La patiente aurait eu des crises épileptiques non cliniques du lobe temporal documentées par EEG. Ses symptômes comprennent dépersonnalisation, fuite des idées, perte du sens de la réalité, hallucinations visuelles et auditives, agitation, hypergraphie, hygiène médiocre et illusions religieuses cohérentes avec une personnalité épileptique. Merci de nous avoir adressé cette très intéressante patiente...

L'incendie

Bobby retourna à Lewiston pour trois jours de travail au Kingdom Hospital. Puis il me fit la surprise de prendre un jour de congé pour venir me voir. Quel amour ! Il m'avait acheté un pot de mon miel blanc hawaïen préféré au magasin bio. Attention touchante. Je fis de mon mieux pour me concentrer sur ce miel, au lieu de ruminer la façon dont je lui avais demandé de se renseigner sur l'incendie qui avait réduit en cendres l'ancien Kingdom Hospital, à l'époque où je n'étais encore qu'une enfant. Je lui avais dit que si j'avais besoin d'en savoir plus, c'était afin de pouvoir déchiffrer l'énigmatique message de Madeline Kruger : *La petite fille qui nous a sauvées est toujours perdue. Le feu ne l'a pas tuée.*

Non seulement je lui avais demandé de se renseigner, mais je lui avais suggéré des pistes pour en savoir plus sur ce drame et ses éventuelles victimes. Je lui avais rappelé que j'étais toujours professeur émérite au Faust College et que la bibliothécaire, Judy Harris, ne serait que trop heureuse de déterrer cette histoire. Mais au fait, et le *Sun Journal*, notre gazette locale ? À quand remontaient ses archives ? Il fallait mettre la main sur les anciens numéros du *Daily Sun.*

Bobby avait-il fait une seule de ces choses ? M'apportait-il un bout de papier pour preuve de sa bonne volonté ? Non. Il avait consacré cinq bonnes minutes à cette enquête. À la pause-café, il avait fait un tour à la bibliothèque médicale pour demander à M. Benjamin Bates, le bibliothécaire, s'il savait quelque chose sur ce sinistre qui avait ravagé l'ancien établissement dans les années 30. Quel calvaire, la maternité ! Je le charge de trouver *tout ce qu'il peut* sur le sujet, et il revient pour me délivrer ce rapport :

— Maman, l'incendie a eu lieu le 2 novembre 1939. Aucune fillette n'a péri dans les flammes. Il n'y a eu que deux décès. Un vieux toubib et un jeune garçon.

— C'est la date sur la lettre de Madeline, Bobby ! Celle qu'elle a écrite à l'hôpital la nuit de sa mort. Le jour des Morts. Mon anniversaire ! Quelle fut l'origine de l'incendie, Bobby ? Et les noms ? Tu les as ?

Regard bovin.

— Comment veux-tu que je sache de quelle manière le feu a pris ? Quels noms, m'man ?

— Ceux des victimes. Du médecin et du petit garçon...

— Euh, non... En quoi ça t'intéresse ? C'était il y a soixante ans. D'après M. Bates, le médecin était célèbre pour pratiquer un genre de chirurgie psychologique. Et pour ses recherches sur la douleur.

— « La Chambre des Douleurs », dis-je, sans savoir pourquoi j'avais dit cela ni où je pouvais avoir entendu cette expression.

C'était sorti tout seul. « La Chambre des Douleurs », comme le nom familier d'une personne dont j'aurais oublié depuis longtemps le visage, de même que le contexte de notre rencontre. C'est un phénomène fréquent quand on vieillit. On vous demande si vous connaissez Bob Miller. Le nom vous est connu, mais c'est tout. Il y a cinquante ou soixante ans, vous connaissiez son visage, les prénoms de ses enfants, ses livres et films préférés. Désormais, il ne reste rien, sauf ce nom aux consonances familières : Bob Miller.

— « La Chambre des Douleurs ». Ça te dit quelque chose ?

— Non, maman.

— « La Chambre des Douleurs. »

Je me retrouvais à tâtonner le long d'un mur, dans un corridor obscur, à la recherche d'un trou, d'un judas, d'un passage ; une ouverture, un moyen d'entrer...

— « La Botanique Trésor Vital »...

Bobby ouvrit la bouche et me regarda comme si je venais de parler en chinois mandarin.

— M'man, qu'est-ce que tu fais ? Qu'est-ce que tu dis ?

— Je ne sais pas. Comme la Chambre des Douleurs, ça m'est venu comme ça. Ce ne sont que des mots, Bobby, et ils font une petite salade ensemble. Je ne sais pas pourquoi ils me sont venus à l'esprit.

— Je crois que tu files un mauvais coton, m'man. Vraiment, tu ne veux pas essayer de prendre les pilules qu'on t'a prescrites ?

Le secret de Nancy Conlan

La visite de Stegman me fit découvrir de nouvelles sensations : les douleurs thoraciques. Le prana mégalomaniaque d'un simple chirurgien du cerveau avait réussi à perturber soixante-quinze ans de calme coronarien. Je laisse les cardiologues de demain concevoir des épreuves prospectives, randomisées, placebo-contrôlées et en double aveugle, pour établir si ces champs de forces maléfiques générés par Stegman et ses pareils peuvent effectivement chambouler la conductivité d'un cœur sain et induire des arythmies fatales. Tirant mon propre rideau — ce qui me ressemble peu — je me cachai dans mon lit pour réfléchir à mon traitement, tout en essayant d'ignorer les bruits grotesques produits par Nancy.

La visite de Stegman semblait l'avoir déstabilisée, elle aussi. Elle émettait de drôles de sons, suffoquant, se débattant, cognant sur ses barres. Un coup particulièrement violent me tira de mon lit et me poussa à aller voir si la malheureuse avait besoin d'aide.

Ses liens étaient plus lâches qu'à l'ordinaire et elle avait réussi à rapprocher l'un de ses poignets pour planter ses dents dans la sangle. Ses yeux roulaient toujours dans leurs orbites, mais elle grognait et mordillait l'attache comme un loup pris au piège se ronge la patte pour s'évader.

— Pauvre petite...

Je caressai ses cheveux, son front, et l'apaisai en fredonnant. Elle retomba, inerte, sur l'oreiller, mais ses mâchoires restaient scellées et ses dents enfoncées dans ses liens.

— Chère enfant... Pauvre Nancy...

J'appuyai sur le bouton d'appel, mais bien sûr personne ne se présenta pendant vingt bonnes minutes. Problème de sous-effectifs, comme d'habitude. Enfin, Tiffany arriva et fit plusieurs tentatives irréfléchies pour lui faire lâcher prise. Elle lui plaqua un gant de toilette humide sur le nez et la bouche, dans l'espoir que la malheureuse desserrerait les dents pour respirer, mais Nancy se contenta de s'agiter et d'aspirer l'air à travers ce bâillon, le regard terrorisé, sa poitrine se soulevant avec peine. Jennifer vint lui prêter main-forte et retira la menotte pour la remplacer par une autre, laissant la précédente dans la bouche de Nancy tel un jouet à mâchonner.

Il s'écoula deux heures avant que celle-ci ne s'endorme, mâchoires molles, bouche ouverte. Tiffany put retirer le cordon tout perforé et imprégné de salive.

Après son départ, je me plaçai au pied du lit de Nancy, incapable de détacher mon regard de sa personne. Je priai pour elle et les siens. J'étais dans l'état d'esprit du croyant qui amène la paralytique sur les lieux où prêche le Fils de l'Homme. *Seigneur, voici notre sœur infortunée. Elle est dans l'affliction et la douleur. Aidez-la, je vous en conjure.*

— On a le même âge...

La voix me fit sursauter et je mis la main sur mon cœur.

Claudia, l'infirmière, se tenait juste derrière moi. Elle effaça une larme avec un Kleenex, les yeux à nouveau rougis.

— Vous m'avez fait une de ces peurs !

— Il y a de quoi avoir peur..., dit-elle en désignant du menton Nancy Conlan, ou du moins ce qui avait été une personne ainsi nommée. Elle a trois enfants, qui ont presque l'âge des miens. Son mari aussi a presque l'âge du mien. Pareil, pareil, pareil...

Elle se mit à pleurer en silence, puis s'effondra complètement et se prit le visage dans les mains. Si seulement j'avais pu alléger son chagrin ! Elle avait du cœur et un caractère doux. Je lui touchai le bras.

— Allons, allons, ma chère. On ne peut pas supporter seule le poids d'une telle tragédie. Il faut s'en remettre à Dieu. Ayez la foi. Vous êtes croyante, n'est-ce pas ?

Elle acquiesça.

— Il me suffisait de la prévenir. Tout comme j'ai tenté de vous prévenir. Mais je ne l'ai pas fait. J'avais peur qu'elle et sa famille... Elle était employée dans une épicerie. Son mari travaille dans le bâtiment. De braves gens, simples. Si *simples* que j'ai eu peur qu'ils laissent échapper qu'une infirmière leur avait déconseillé de...

— Déconseillé quoi, mon enfant ?

— Ce que je voulais vous dire avant-hier, quand le Dr Metzger nous a interrompues, c'est que si vous deviez subir une intervention chirurgicale, il ne faudra pas vous laisser opérer par le Dr Stegman.

Mon regard se reporta sur la carcasse décharnée et les

traits creusés de cette mère qui ne verrait pas grandir ses enfants.

— C'est Stegman, le responsable ? dis-je, suffoquée, en empoignant le cristal à mon cou.

Elle aurait été mieux dans sa tombe. Plutôt la mort que de vivre ainsi en zombie, comme l'ombre de soi-même.

— C'est un incompétent ? Un boucher ?

— Au contraire, il est excellent. Sans doute le plus doué de tous les neurochirurgiens d'ici, et c'est son problème. Il ne dit jamais non. Son volume de travail augmente d'année en année. Il est partout... Il confie un cas à ses confrères pour aller en vitesse s'occuper d'un autre, ou bien il fait un tour à la clinique pour expédier une consultation. Puis, une demi-heure plus tard, il revient se laver les mains pour opérer quelqu'un d'autre.

— C'est inadmissible !

— C'est illégal, madame Druse. Contraire au règlement de l'hôpital. C'est un drogué du boulot : toujours plus de patients, de procédures, de recherches, de prestige, de fric. Et les patients comme cette pauvre Nancy font les frais de son ambition débridée. Ils trinquent, parce qu'il n'a plus le temps d'accomplir correctement sa tâche. Il fait seulement de son mieux dans un contexte qui est toujours anarchique...

— Qu'est-ce qu'il lui a fait ?

— Il s'est trompé de côté en opérant le cerveau, et a ensuite prétendu que c'était parce qu'il avait vu une seconde lésion sur le scan avant de commencer. Le film a disparu, comme par hasard, mais il n'en démord pas. À présent, la malheureuse se trouve dans ce qu'on appelle un état végétatif persistant : les yeux ouverts, une inconscience permanente. Selon les EEG, elle dort et se réveille, mais n'a aucune conscience d'elle-même ou de son environnement. Son bulbe fonctionne, mais les scans PET ne détectent presque aucune activité corticale. Elle ne peut ni déglutir ni mâcher, car cela demande des hémisphères cérébraux intacts. Des mois que ça dure...

— Et il exerce encore comme chirurgien ?

Cela dépassait mon entendement.

— Je vous l'ai dit : il est excellent. Sauf qu'il décline sous la pression d'une charge de travail qu'il s'est lui-même imposée. Il ramasse des millions à inventer des procédures dont la nécessité est discutable, en affirmant que c'est pour le bien de ses patients. Oui, il est vrai que depuis quelques mois, peut-être même depuis un an, il est de toutes les réunions mortalité-morbidité. Ce qui veut dire que des procès vont suivre. Mais tant que cela lui coûtera moins qu'il ne gagne, des tragédies semblables vont se reproduire...

— Il ne faut pas. On doit l'en empêcher !

— Ce n'est pas pour demain. Cela va continuer jusqu'à ce qu'il croule sous les procès ou que le Conseil de l'Ordre enquête...

— Qui d'autre est au courant de ses méfaits ?

— Si je sais tout, c'est qu'il aime utiliser notre unité pour ses patients. On a vu plusieurs cas similaires, et des plaintes ont été déposées...

Silence. Elle regarda par terre et renifla.

— Elles n'ont rien donné ? Il opère toujours ?

— Oui, et les infirmières ayant protesté ont été licenciées. C'est pourquoi je ne peux pas... donc, maintenant, plutôt que de porter plainte, j'avertis les gens de confiance *avant* !

— Sa famille sait... ?

— Oui et non. Ils ont des doutes, mais sont trop naïfs. Ils n'en savent pas assez en médecine pour poser les bonnes questions. C'est à peine s'ils saisissent ce qui est arrivé.

— Monstrueux ! m'écriai-je, en regardant la pauvre femme prisonnière de son corps dégradé.

— Non seulement il est responsable de son état, mais en plus il la garde en vie ! Il s'oppose à ce qu'on retire la sonde stomacale.

— Que dit la famille ?

— Ça dépend. Son époux, Dave, et sa belle-mère, Virginia, sont pour... Ils savent que c'est sans espoir.

— Et les parents ?

— Ils répètent ce que dit Stegman. Il a les neurologues de l'hôpital dans sa poche, et deux au moins sont prêts à certifier que les scans CAT et IRM de Nancy étaient ambigus et que le taux métabolique de glucose affluant dans les hémisphères cérébraux, bien que diminué, n'indique pas de façon concluante une perte totale de fonction corticale cérébrale. Bla-bla-bla...

— À quoi bon des tests ? Il suffit de la regarder. Elle n'est plus vivante au sens humain du mot. Son corps est là, pas son âme...

— Il a un bout de film vidéo pris avec une caméra numérique qui la montre soulevant sa tête, réaction supposée à la présence d'autres personnes dans la pièce.

— C'est mal d'infliger cette épreuve à la famille.

— Sally, dit Claudia, les yeux de nouveau rouges. Je vous en supplie, ne répétez à personne ce que je vous ai dit, ou...

— Je sais, je sais. Soyez tranquille...

Thérapie médicamenteuse

Le lendemain, le Dr Metzger s'arrangea pour me voir de bon matin dans le service de neurologie. Tiffany m'amena dans une salle de réunion, où j'eus la surprise de découvrir que le psychiatre s'était trouvé une nouvelle alliée. Claudia.

— Bonjour, Sally...

Elle avait l'air un rien penaude, comme si elle avait voulu me prévenir à l'avance de cette entrevue mais en avait été dissuadée.

Metzger avait réintégré sa blouse blanche, à laquelle ne manquaient ni badges ni protège-poche de poitrine. Il avait l'air tout content de lui et s'empressa de me présenter ses excuses pour la conduite inqualifiable de son confrère.

— Le Dr Stegman a de bonnes intentions, mais comme bien des chirurgiens, ce n'est pas un homme de contact. (Grand sourire.)

Un homme, lui ? Jusque-là, il m'était apparu comme une pièce à conviction de choix dans le procès du matérialisme : un simple agrégat de cellules, molécules et atomes n'aurait jamais pu être aussi haïssable. Son corps physique servait seulement à abriter son esprit infiniment maléfique.

— Le Dr Stegman est souvent trop direct. Il s'inquiète pour vous, tout comme moi. Et si j'ai sollicité l'aide de Claudia, c'est que je sais qu'elle aussi s'inquiète...

— Sally, le Dr Metzger voudrait que je l'aide à vous convaincre qu'il est dans votre intérêt de ne pas négliger l'activité épileptique que les EEG ont décelée dans votre cerveau...

— Je n'aime pas les médicaments. Si j'ai quelque chose, je préfère m'en occuper moi-même. Si ça peut se soigner, je le ferai moi-même.

— Le traitement médicamenteux élimine ces crises dans un tiers des cas, déclara le Dr Metzger, et réduit grandement leur fréquence pour un autre tiers. Quant aux médecines douces, aucune étude, à ma connaissance...

— Si on ne vous soigne pas, vous risquez une autre mauvaise chute, ou les crises pourraient empirer peu à peu jusqu'à altérer vos facultés mentales. Et avec un esprit comme le vôtre, Sally, ce serait regrettable...

— Parfois les patients aiment leurs crises. Inversement, ils n'aiment pas les médicaments, parce qu'ils se sentent dans le cirage. Par exemple, quelques-uns évoquent une impression de légère ébriété. Nous avons un nouveau protocole dans lequel j'aimerais vous enrôler. L'intérêt pour vous, c'est que tout en supprimant votre activité épileptique, il pourrait augmenter vos expériences mystiques.

— Augmenter mes expériences mystiques ? C'est coupé avec de la psilocybine, de l'ayahuasca, du LSD ?

— Coquine ! J'ai trouvé une littérature qui suggère que des patients voient s'accroître leur état de bien-être et... — là, il me sourit — comment dites-vous ? « leur perception du merveilleux et de l'unité des êtres et des choses ? »

— Les patients ont le droit de faire le mauvais choix, ajouta Claudia. On ne peut vous forcer à prendre des médicaments. On peut seulement vous informer.

Elle m'attendrissait avec sa sollicitude toute filiale, et j'hésitais à essayer ce traitement pour voir ce que cela donnerait.

— Nous souhaiterions vous mettre sous Scyllazine. C'est un antileptique. Parfois, il y a des effets secondaires, auquel cas nous administrons du Charybdisol pour les contrebalancer. Mais l'intérêt de la Scyllazine, c'est qu'il y a très peu de ces effets secondaires qui d'ordinaire troublent une personne active et pleine d'allant comme vous, madame Druse.

— Bon... si je prends ce truc, vous me laisserez retourner chez moi ?

Sourire de Claudia.

— On ne vous gardera que le temps d'établir les bons niveaux de sérum et de calculer les dosages, dit Metzger. Vous serez chez vous dans une semaine.

Voyant ma tête, Claudia me donna un gros baiser.

Va pour les médicaments !

L'astuce pour manipuler les médecins, c'est de les amener à prescrire des examens qui fourniront des renseignements utiles, puis de se soigner soi-même. Sinon, ils ont la manie d'imposer leur vision rationaliste et brutalement interventionniste de l'existence à votre précieux corps éthéré. En l'occurrence, je désirais leur laisser le bénéfice du doute.

Je n'ai pas toujours été aussi docile. En 1972, âgée de quarante-quatre ans, je me suis retrouvée dans une salle d'examen face au Dr Crabb, oncologue, pour entendre ma condamnation à mort. On avait trouvé du sang dans mes urines, puis un cancer des cellules rénales — une masse de trois centimètres au rein droit et des métastases grosses comme des pièces de monnaie aux poumons. On allait m'ôter le rein, mesure strictement palliative, mais les métastases aux poumons ne pouvaient être traitées. Cette dame me conseillait de rentrer chez moi après l'opération pour mettre mes affaires en ordre, car le taux de survie moyen pour les patients en Phase IV du cancer de cellules rénales était de moins d'un an, et j'avais 8 % de chances de vivre encore deux ans.

Le Dr Crabb me montra même un graphique des espérances de vie de deux ans pour les divers types et phases de cancer des cellules rénales, avec un petit x tracé au crayon dans la colonne de la Phase IV où la barre tombait quelque part en dessous du 8, pour être en fait plus proche du 7.

Je leur ai laissé mon rein, après quoi je me suis attaquée toute seule au problème. Régime macrobiotique, méditations quotidiennes au cours desquelles je visualisais mes poumons, mobilisant mon système immunitaire contre ce cancer.

Je me souviens qu'une nuit, j'étais plongée dans ma prière, très effrayée à l'idée que Dieu allait me toucher de

Son doigt pour me soustraire à ce monde — moi, une mère célibataire, avec un petit garçon à charge. J'étais là, absorbée par ma prière, à demander rien de moins que l'ordinaire : « Seigneur, de grâce, annulez cet arrêt de mort et accordez-moi de vivre. »

Ce fut la seule et unique fois (jusqu'à récemment) où j'ai senti une véritable présence. Si c'était Dieu, il ne m'est pas apparu comme un père ou un ange, mais comme une immense présence informe qui se dressait devant moi, excédant le cadre de ma perception sensorielle. Quelque chose me toucha à la poitrine.

La suite se laisse, j'imagine, aisément deviner. Je me suis débrouillée avec un seul rein et les métastases aux poumons se sont évanouies comme un mauvais rhume.

Six mois plus tard, les spectrales pièces de monnaie n'apparaissaient plus sur les radios. Dieu m'avait touchée du doigt, et j'avais survécu.

Soma

La lettre de Madeline Kruger m'avait estomaquée, de même que cette histoire de fillette. Toujours perdue ? Revenue dans le repaire des vivants ? L'une des raisons pour lesquelles j'avais accepté de prendre des médicaments, c'était la peur. J'avais peur d'avoir perdu une partie de ma mémoire. Le bloc de cellules nerveuses ayant enregistré un moment de vie avec Madeline avait disparu. Démence sénile ? Ou effets progressifs des crises contre lesquelles on m'avait mise en garde ? Selon les médecins, je pouvais les subir depuis des années, chacune usant les piles de mon cerveau et épuisant des stocks de souvenirs. Y compris, peut-être, cette histoire du Malin touchant Madeline et moi, et celle de la petite fille perdue.

Bobby m'avait apporté les *Sun Journal* de Lewiston, qui étaient éparpillés sur le lit et la table de chevet. Quelques titres retinrent mon attention.

« Le Conseil de l'Ordre enquête sur la fatalité médicale. »

Ce n'était pas en première page mais en tête des nouvelles locales, et l'article relatait le décès de la petite Theresa Bradley, huit ans, des suites d'une banale intervention de la valve pulmonaire. C'était l'enfant dont m'avait parlé Bobby, celle qui était morte la même nuit que Madeline au Kingdom Hospital. Une nuit de pleine lune, un vendredi 13. Un autre article racontait comment la mère, Sarah Bradley, était poursuivie en justice pour avoir agressé le cardio-pédiatre avec un bistouri.

Des photos montraient la petite et le médecin, le Dr Edward Egas, qui non seulement avait écopé de quarante points de suture, mais faisait lui aussi l'objet d'une enquête depuis le décès de l'enfant.

J'arrachai ces articles pour les fourrer dans mon carnet. Puis, je vis autre chose... Un article qu'on avait manifestement mis à la plus mauvaise place. À la fin du journal — pire, au recto de la dernière page, en bas.

« Une sonorisation d'ascenseur défaillante produit un bruit de cloche à l'hôpital. »

On racontait comment, le vendredi 13 à l'aube, durant et après un certain nombre de perturbations, parmi lesquelles un miniséisme et plusieurs urgences médicales, des témoins avaient entendu sonner une cloche à travers tout le Kingdom Hospital. Une infirmière avait trouvé cela si insolite qu'elle avait prévenu deux reporters du *Sun Journal* et un policier de Lewiston, qui avaient été accueillis par d'autres employés déconcertés et conduits jusqu'aux ascenseurs, où les sons de cloche étaient particulièrement forts et marqués. « Insistants », selon un témoin.

Des enquêteurs incriminèrent un dysfonctionnement des signaux sonores, même si, interrogés séparément, les techniciens chargés de la réparation affirmèrent que le courant avait été coupé dans les cabines durant et après la secousse sismique et que ces signaux sonores ne fonctionnaient pas sans électricité.

Jesse James, l'administrateur, architecte de l'Opération Air Matinal, programme visant à améliorer le bien-être au sein de l'hôpital, évoqua un problème de maintenance et des conditions de travail stressantes. « Nos employés s'efforcent sans relâche de délivrer des soins de qualité aux habitants de Lewiston et ses environs. »

Point final. Je savais que cette cloche signifiait quelque chose. Je savais que c'était lié à tout ce qui s'était passé ce soir-là. Aussi sûrement que je savais avoir voyagé entre la vie et la mort la nuit du décès de Madeline Kruger. J'ai honte de l'avouer, mais... je n'ai rien fait du tout.

Abandonnant ma tête sur l'oreiller, je me laissai flotter dans les douillets méandres de la Scyllazine, 100 milligrammes, deux fois par jour.

Je n'avais pas le courage de le dire à Claudia, mais les médicaments m'empêchaient de m'adonner à mes méditations quotidiennes. Quand, fermant les yeux, j'attendais d'être entraînée par le flux qui irrigue tout l'univers, rien ne se produisait. Mais j'avais un prix de consolation : je m'en fichais. Cette cloche m'était égale et il n'y aurait pas d'enquête parce que c'était plus facile d'évoquer un problème de maintenance et le stress.

Les cachets avaient d'autres effets. Lorsque Tiffany, Jennifer, ou la famille de Nancy arrivaient, je me sentais curieusement hésitante et privée d'assurance, mais sans la légère anxiété censée accompagner cet état — comme si j'étais timide sans l'être, si cela est possible. Ce n'était qu'un des paradoxes d'un état mental pétri de paradoxes. Lorsque l'effet de la dose était au maximum, non seulement je n'avais plus la volonté ni la force de parler, mais j'étais en outre satisfaite de ma condition. Ce n'était pas de la joie, ni même du contentement, pas du tout, mais le sentiment qu'agir n'en valait pas la peine, tout acte pouvant générer soucis et regrets.

Mon moi semblait emballé dans des billes de polystyrène, à l'abri des coups et accidents du monde extérieur. C'était à l'opposé de l'état d'illumination auquel j'ai toujours aspiré, qui consiste à ne faire qu'un avec la Nature et la totalité de l'univers. Bien au contraire, les médecins avaient creusé la dualité, protégeant mon moi des déceptions de l'existence sous une bulle neurochimique. La sensation prédominante était que j'étais calme, sinon en paix, et que le plus sûr serait de ne rien faire, ou du moins aussi peu que possible. Il y avait moins de risques, et une chance accrue de maintenir ce satisfaisant statu quo.

Comme enseignante, je me disais que ces pilules seraient l'idéal pour les étudiants médiocres. Elles les débarrasseraient de la vanité, du mécontentement et du désir de se surpasser qui poussent un médiocre à viser la mention « bien » ou « très bien ». Elles élimineraient aussi la peur de ne pas s'être assez appliqué et de tomber encore plus bas. Ainsi, un médiocre serait-il satisfait de son sort — le but de tout traitement.

Plusieurs jours durant, je campai dans mon propre paradis artificiel et compris qu'il n'y avait plus qu'à prendre ces cachets pour rester à tout jamais dans cet état vaseux, ni précisément euphorique ni précisément triste. Encore une vieille emmerdeuse de patiente neutralisée et rendue aussi contente qu'une huître dans sa coquille, tandis que sa compagnie d'assurances continuerait à payer rubis sur l'ongle.

Karma éclair

Bientôt, mes journées se ressemblèrent toutes pour n'être plus qu'un seul flux indistinct. On me recommandait avec insistance de bien prendre mes médicaments et de coopérer, sinon mon assurance risquait de ne pas couvrir l'ensemble des frais. Je décidai d'obtempérer, le temps d'obtenir ma décharge.

Un jour, de bonne heure, j'entendis Tiffany et Jennifer glousser derrière le rideau au sujet du Dr Stegman. Sur le coup (sans doute un effet secondaire de ce maudit traitement), je restai interdite. Stegman. Je connaissais ce nom... mais comment et pourquoi ? Puis une nausée viscérale monta dans le voisinage de mon second chakra (abdomen et coccyx) comme si le flux là-bas avait été soudain bloqué. Son seul nom suffisait à siphonner mon énergie, à aspirer mon élan vital, avant que le reste de ma personne parvienne à l'identifier.

En assemblant les bribes de leur bavardage, j'appris qu'elles étaient arrivées plus tôt que d'habitude pour faire une toilette complète à Nancy, lui laver les cheveux et les nouer avec un joli ruban bleu. Je les entendis chuchoter à propos d'une mycose buccale dont la pauvre femme était affligée. « Du muguet », d'après Jennifer. Et elles tamponnaient à tour de rôle les parties infectées au bleu de méthylène. Elles devaient me croire sénile, sourde ou complètement abrutie et incapable de les entendre. « Pouah ! » ou « Beurk ! » ou « Je peux plus regarder, vas-y ! » Ce chœur de lamentations se poursuivit tandis qu'elles débridaient ses escarres, inséraient un cathéter et une sonde stomacale flambant neufs, et lui mettaient des menottes de coton propres.

À la fin, j'entendis de nouveau le nom de Stegman et appris la raison de ce traitement de faveur. Stegman allait la présenter à une armée de médecins. Elle allait être palpée, manipulée, testée et examinée dans le but de déterminer si elle avait effectivement atteint ce que les spécialistes nomment un « état végétatif persistant », diagnostic qui permettrait à la famille, en concertation avec l'hôpital et le corps médical, de débrancher la sonde stomacale et de cesser de l'alimenter.

Son état était toujours pire le matin, et ce matin-là elle se montra spécialement agitée. Elle cognait ses mains contre les barres, se jetait en avant et émettait des gargouillis, avant de rejeter la tête en arrière pour scruter le mur de ses yeux révulsés. On eût dit que son corps, privé des instructions du cerveau, agissait selon ses caprices, comme un poulet sans tête.

D'après les infirmières, Stegman avait expressément défendu qu'on lui donne le moindre médicament ou sédatif, la voulant aussi « alerte » que possible pour sa leçon — notion qui déchaînait leurs rires étouffés. En conséquence, gestes erratiques et soubresauts spasmodiques avaient constamment empiré depuis la veille. Stegman projetait sans doute d'amener ici ses sous-fifres pour frapper dans ses mains et voir si la pauvre fille allait se redresser et japper tel un phoque. « Là, vous voyez ! dirait-il. Elle réagit. Comment priver d'alimentation une patiente réactive qui a toute la vie devant elle ? »

J'espérais seulement que le possédé du démon qui avait détruit cette malheureuse et sa famille allait garder gravée dans son esprit l'image de cette pathétique créature et qu'il l'emporterait dans la tombe.

À huit heures tapantes, il entra d'un pas martial, traînant une vingtaine de médecins, médecins résidents et internes dans son sillage. D'abord, ils cernèrent mon lit. J'avais une migraine terrible et mon cerveau flottait dans ses limbes familières.

Le Dr Stegman demanda comment je tolérais le traitement.

Ce fut comme si quelqu'un d'autre que moi lui répondait, mais une partie de mon cerveau avait par miracle retenu l'aptitude à dire la vérité conformément à l'Évangile selon saint Matthieu.

— L'œil est la lanterne du corps, dis-je. Si ta vue est bonne, ton corps sera plein de clarté ; si elle est mauvaise, ton corps sera dans les ténèbres. Et si ta clarté est ténèbres, combien les ténèbres seront obscures !

S'adressant à une jolie médecin résidente, Stegman déclara :

— Idéations religieuses toujours prédominantes. Prenez note.

Puis, reportant son attention sur moi :

— Continuez, je vous prie. Ne faites pas attention à nous.

— Les cachets brouillent ma vue. La clarté en est diminuée. Lorsque ma vue est mauvaise, mon corps est dans les ténèbres.

Stegman sortit son dictaphone et fit quelques pas.

— Chambre 959, lit 2, une certaine Madame...

La jolie étudiante brandit ma fiche, son ongle rose bonbon sur mon nom.

— ... Drusey. Se plaint que la Scyllazine 100 milligrammes B.I. D. induit un état d'apraxie semi-volontaire. Évoque aussi des problèmes de vue. L'adresser au Dr Burt en ophtalmologie pour écarter l'hypothèse de cataracte ou de dégénérescence maculaire.

Sourire pincé à mon adresse, puis il entraîna ses troupes vers le lit suivant, pour le grand événement.

Tiffany essaya de tirer le rideau, mais laissa par mégarde une fente par où m'apparaissait la tête de Nancy renversée contre l'oreiller, grimaçant et produisant ces terrible rires et gargouillis. Son corps fut pris d'un sursaut et sa tête bondit en avant, sans raison.

Stegman présidait la cérémonie comme un montreur de foire. Il causait maladies, syndromes et séquelles : valeurs de laboratoire, diagnostics par scans et résultats de tests. Allant à la tête du lit, il braqua une mini-torche dans chacun des yeux de Nancy et dit : « Crise oculogyre. » Et, indiquant ses mains en griffes d'oiseau : « Contractures. »

Les autres notaient pieusement et murmuraient : « Intéressant » ou « Très intéressant » en entendant parler de son urémie, du compte de ses leucocytes ou de son pH élevé.

Là, Stegman fit signe à Tiffany de détacher ses menottes pour qu'elle puisse bouger les bras. Il démontra la variété de mouvements dont étaient capables ses membres atrophiés, la tirant de-ci de-là, tout en décrivant ses intéressantes insuffisances en latin, usant des mots tels que *dyskinésie* ou *torti-*

colis, s'interrompant à tout instant pour jouir de l'admiration de sa cour féminine.

Puis, il enfila un gant de latex à la main droite et Tiffany lui tendit une petite spatule qu'il utilisa pour sonder la bouche de sa patiente.

L'un après l'autre, les zélés jeunes scientifiques étaient invités à jeter un coup d'œil à ce très intéressant exemple clinique de candidose, un genre de dépôt blanc colonisant la muqueuse buccale, qui, d'après leur mine, devait suffire à justifier la révolte de Job envers son Créateur.

Est-ce Dieu ou Satan qui m'a fait deviner la suite ? Je suppose que l'autre explication possible, c'est que j'aurais moi-même provoqué l'accident par quelque mystérieuse stimulation psychocinétique des zones motrices de ce qui subsistait du cerveau de Nancy. Alors, pressentiment ou ce bon vieil instinct pointant à travers mes brumes ? En tout cas, j'ai vu venir la catastrophe et je ne prétendrai pas que cela me chagrinait.

Stegman se servait de la petite spatule pour étirer la joue de Nancy, afin qu'un autre voyeur professionnel sans scrupule puisse se rincer l'œil. Soudain, elle se jeta en avant, ouvrit la bouche sur une hideuse grimace et planta ses dents dans la main gantée du Dr Stegman. Mes yeux délicieusement horrifiés constatèrent que sa prise était au moins aussi tenace et puissante que lorsqu'elle avait mordu sa menotte.

Poussant un horrible hurlement, Stegman tenta de se libérer — ouh, OUH, OUH, OUHHH ! — sans y laisser la main, mais il ne réussit qu'à lui détacher la tête de l'oreiller. Nancy avait les yeux exorbités et injectés de sang ; les muscles saillants de sa face se déformaient sous l'action des mâchoires qui exerçaient une pression croissante sur les dents, lesquelles s'enfonçaient toujours plus, perçant la pellicule de latex, la peau, la chair.

Un sang noir remplit le gant semi-transparent, puis dégoulina par les petits trous. Il en ruisselait aussi des lèvres et du menton de Nancy.

Hurlant encore plus fort, Stegman tira de nouveau sur sa main, ce qui ne fit que soulever davantage la tête de Nancy, la rapprochant ainsi de sa victime. Elle se jeta de nouveau en avant et ses mains griffues s'accrochèrent à la blouse blanche, attrapant les revers avec la fureur aveugle d'une machine emballée. À présent qu'elle le tenait, la panique de Stegman était totale. Il tenta de se reculer, ce qui eut pour effet de la redresser sur son séant et de la faire se coller à lui.

Stegman trébucha et tomba à la renverse, entraînant Nancy dans sa chute, ses dents toujours plantées dans sa main. Elle grognait et mordait en s'agrippant à lui avec la vigueur infaillible d'une musculature n'obéissant qu'à ses seuls réflexes. C'était comme un missile humain ayant trouvé sa cible.

Les autres tâchaient de l'aider, mais que faire ? Toute tentative pour écarter Nancy était accueillie par un : « Arrêtez, nom de nom ! Elle va emporter le morceau ! »

Jennifer et Tiffany se hâtèrent de me faire sortir du lit.

— Madame Druse, c'est une situation de crise ! Nous allons vous faire sortir dans le couloir pour que l'équipe de secours puisse intervenir et administrer à Nancy un produit spécial afin qu'elle lâche la main du Dr Stegman.

Je n'en jurerais pas, mais je crois qu'elles riaient sous cape.

Noble sauvagerie

En fin d'après-midi, les choses s'étaient calmées et je pus retrouver mon lit. Je n'avais pas pris mes médicaments et, ayant les idées plus claires, j'en profitai pour relire mes dernières notes, dont la plupart ne me disaient rien.

L'une d'elle, vieille de deux jours, précisait : « Le Dr Stegman est venu ce matin, un homme très courtois. Il ne connaît toujours pas mon nom, mais c'est sans doute parce qu'il a tant de patients à voir et à aider. Il travaille trop, mais je le crois dévoué. Il faudra demander à Claudia si c'est vraiment un méchant homme ou la simple victime des circonstances. »

Ma dernière dose datant de la veille, le brouillard somatique (j'appelais ainsi les effets de la Scyllazine) s'était dissipé et je lus avec horreur ces mots que je ne me rappelais pas avoir écrits. J'entendis Nancy suffoquer dans l'autre lit.

Si Metzger tenait parole, dans trois jours Bobby me ramènerait chez moi. J'avais des choses à régler d'abord, et rien ne se ferait si je restais sur mon cul, abrutie par les drogues, à écrire des mots d'amour au Dr Stegman ou ses pareils.

Mes deux prochaines doses, je les jetai dans les toilettes après extinction des feux. Le lendemain, idem.

Ce n'était pas difficile de faire semblant d'être toujours sous médicaments. Il suffisait de ne rien faire et de répondre invariablement : « Tout va bien » ou « Peu importe. »

Claudia vint m'informer que la main de Stegman avait été mutilée et infectée par une bactérie mortelle appelée clostridium, connue pour provoquer la gangrène gazeuse. Les morsures humaines sont, apparemment, bien plus dangereuses que celles de tout autre animal, à l'exception des serpents venimeux et des chiens enragés. D'après elle, des cultures prélevées sur les plaies causées par des morsures humaines sont polymicrobiennes, présentant une moyenne de cinq microorganismes cultivés par plaie. Des traînées rouges étaient apparues sur le bras de Stegman dans les heures suivant l'agression pour gagner rapidement la partie au-dessus du coude. Il avait fait de la température et manifesté les classiques symptômes de la cellulitis, ou inflammation cellulaire.

— Quelle horreur !

— Ensuite, il y a eu l'odeur...

— L'odeur ?

— Myonécrose progressive. La bactérie produit un gaz qui est captif de la peau. D'où le nom : gangrène gazeuse. Mais son trait le plus distinctif, c'est l'odeur. On dirait un mort de la Première Guerre mondiale dégustant un sandwich au gaz moutarde dans sa tranchée...

— Ça se soigne ?

Vu sa jubilation, je n'avais pas besoin d'en rajouter. Si

Stegman était sur le point de perdre son bras, j'étais presque prête à compatir.

— On a dû ouvrir pour désinfecter, puis le mettre sous antibiotiques IV. Il devrait garder son bras. Hélas ! Il risque d'en opérer d'autres...

— Le pauvre...

— Oui, le pauvre... En fait, j'espérais un diagnostic de fasciite nécrosante, ce que les journaux à scandales appellent : la bactérie mangeuse d'hommes. Il en serait déjà mort, et le Boston General Hospital serait de nouveau un établissement sûr.

Je lui tapotai la main.

— Allons, allons, Claudia... L'oubli est la plus belle des vengeances.

Le cristal parle

Les parents de Nancy, Renn et Margie, vinrent le week-end voir ce qui était arrivé à leur petite fille. Les médecins lui avaient donné un myorelaxant et des sédatifs, seule solution pour libérer la main de Stegman de ses mâchoires de tortue.

Elle était endormie, les yeux clos. Je ne l'avais jamais vue aussi sereine.

Tenant un cristal Sélène devant moi, au bout d'un ruban de soie, je l'utilisai comme pendule pour tâcher de trouver comment je pourrais aider Claudia, Nancy et sa famille. À la demande de Renn, je sortis mon cristal canalisateur et acceptai de lui transmettre ses questions.

— Pouvez-vous lui demander si ma petite fille se réveillera un jour ? Si elle redeviendra elle-même ?

— Je ne sais pas. Je vais essayer.

— Attendez ! dit-il, et il me toucha la main pour me retenir.

Il déglutit avec peine et ses yeux rougirent.

— Une seconde... Peut-être que je n'ai pas envie de savoir.

— Allez-y, demandez ! intervint Margie.

Elle avait le visage contracté, prête à tout entendre.

Je regardai de nouveau Renn, qui hocha la tête.

Le pendule se calma très progressivement et se mit à osciller de façon légèrement latérale. Je le vis se brouiller à travers mes propres larmes et ma main trembla.

— Non, jamais, dis-je. Plus jamais elle ne parlera ni ne marchera. Elle ne sera plus jamais la même. Elle n'est plus parmi nous.

Je laissai libre cours à mes larmes, et ses parents m'imitèrent. Je redoutais une réaction d'hostilité à mon égard de la part de Renn, mais il semblait soulagé.

Il toucha ma main disponible.

— Merci.

— Attendez, dis-je, les yeux sur le quartz qui bougeait au bout du ruban. Ce n'est pas tout.

— Quoi, encore ? dit-il, tout tremblant, en se penchant vers moi. De quoi s'agit-il ?

— Ce grand malheur qui est arrivé à votre fille, dis-je, examinant les évolutions du cristal. Ça n'était pas écrit...

Renn fronça les sourcils et s'essuya les yeux. Il serra les poings.

— Comment cela ? « Ça n'était pas écrit ? » Moi non plus, je n'étais pas destiné à faire le larbin à « La Maison du Poisson », et pourtant... C'est quoi, ce : « Ça n'était pas écrit » ?

— D'après mon pendule, une grave erreur médicale a été commise durant l'opération et explique son état. Quelqu'un a fait une très grosse erreur.

— Et alors ? Je suis censé faire quoi ? dit Renn, en s'agrippant aux barres de mon lit, tâchant de pénétrer cette nouvelle image du système solaire médical qu'il venait d'entrevoir au moyen du cristal. Ce qui est fait, est fait...

— Il faut... Attendez, que je me concentre.

Le pendule changeait de direction. À présent il oscillait énergiquement, dessinant un arc qui me reliait à Renn.

— Oui, dis-je, c'est tout simple...

— Quoi ? Dites-moi, madame Druse.

— Il faut vous adresser à un excellent avocat spécialisé dans les erreurs médicales.

— Ah bon ?

— Oui. Selon le cristal, il devrait vous indiquer la marche à suivre...

L'ÉTAT DU CORPS

C'est avec une joie sans mélange que je rentrai à la maison. Crise ou pas crise, mort imminente ou pas, hors de mon propre corps ou condamnée à habiter ma vieille carcasse — si humble soit-elle, je n'étais jamais aussi bien que derrière les fenêtres de ma bicoque et les yeux de mon corps rafistolé.

La santé est une couronne d'or que chacun d'entre nous porte, mais qu'il ne voit qu'une fois malade. La convalescence me permettait d'apprécier sous un jour renouvelé les plus petits plaisirs, le confort le plus rudimentaire. J'allai dans ma propre cuisine me préparer du thé. Le contact du pommeau de ma canne favorite était comme la poignée de main chaleureuse d'une vieille connaissance. Je purgeai l'endroit des odeurs stagnantes de pipe, bière et pizza en utilisant des feuilles de sauge et un pot-pourri. Je m'installai dans mon siège préféré, près de la fenêtre, et laissai notre chien bâtard, Skipper — trois-quarts de labrador, un quart d'épagneul —, et à qui on ne la fait pas, poser sa truffe sur mes genoux et m'accueillir affectueusement.

— Mon brave toutou...

Qu'est-ce que la vie, sinon un combat pour se trouver un coin du monde à l'abri où l'on peut tourner trois fois sur soi-même, s'étendre pour se reposer un moment, et se dire : *Bon, je suis en bonne santé et heureuse, du moins pour l'instant ?* Mais en toute honnêteté, ce logis où j'avais passé une trentaine d'années avait perdu de son caractère familier. Après les dix jours qui venaient de s'écouler, les objets les plus quotidiens — mes livres et mes lunettes de lecture, mon pouf et ma petite table, la lampe héritée de ma mère — me paraissaient aussi changeants et inconsistants que des spectres. Je m'attendais à les voir se dissoudre ou se mettre à me chuchoter des choses à tout instant.

Une vague crainte m'envahissait, comme si, au lieu d'être de retour, je me trouvais dans un pays lointain où la langue et les coutumes des indigènes m'étaient inconnues. Je me sentais comme l'expatriée en Arabie Saoudite qui se crée un petit appartement américanisé au sein d'un quartier sécurisé, où elle peut se croire à l'abri tout en sachant qu'au-dehors, une foule d'intégristes serait prête à la lapider à mort pour cause d'adultère.

La date de ce départ de mon confortable passé pour ce présent incertain, étrange ? Le 13 décembre, la nuit où mourut Madeline Kruger.

Saisissant le bottin et mes lunettes, je cherchai le nom de Werling. Laurel Werling. L'infirmière qui m'avait menée à la chambre de Madeline en cette affreuse nuit. J'avais noté son nom à la minute où Bobby me l'avait rappelé, à Boston. Et le garçon de salle s'appelait Charron.

Il y avait un Werling L., Lyngby Road. Je recopiai ses coordonnées sur un Post-It, composai le numéro, et mon cœur se serra lorsque je reconnus la voix gaie sur le répondeur : « Bonjour, c'est moi, laissez-moi un message, je vous rappellerai dès que possible. »

— Mademoiselle Werling, ici Eleanor Druse... Sally. On s'est rencontrées il y a une quinzaine au service psychiatrique du Kingdom Hospital où vous... avez travaillé. J'ai eu un petit accident cette nuit-là, vous devez être au courant. Forcément. Bref, j'aurais quelques questions à vous poser à ce sujet, auriez-vous l'amabilité de me rappeler ?

Laissant mon numéro de téléphone, je consultai de nouveau le bottin, sans trouver de « Charron », avec un ou deux « r ». Ensuite, je trouvai Kruger, M., toujours à l'adresse où elle avait vécu pendant des décennies : 519 Woodlawn. J'aurais pu m'y rendre à pied, mais avec toute cette neige... Je posai la main sur le combiné et contemplai fixement le numéro. Étant toujours plus convaincante quand je me présente en personne, j'envisageai de m'emmitoufler dans mon pull et mon manteau pour aller là-bas dans ma vieille auto. C'était un petit bungalow, dans mon souvenir. Si Hilda Kruger était encore en train de régler la succession, je pouvais aller la voir, mais en me voyant débarquer à l'improviste, elle risquait de se méfier, surtout si je commençais à poser des questions sur la mort de sa mère ou tentais de m'emparer de cette lettre laissée par la suicidée.

Je réfléchis à la meilleure méthode. Et téléphoner pour lui exprimer tout d'abord mes condoléances ? Je pourrais ainsi l'apprivoiser et lui faire comprendre que sa mère et moi étions de vieilles connaissances et qu'elle avait voulu me communiquer un message important. Lui avait-elle jamais parlé d'une petite fille qui lui aurait sauvé la vie ? Ou d'une petite fille perdue ? D'un incendie ?

Personne ne décrocha et, comme il n'y avait pas de répondeur, je décidai de réattaquer sur ce front-là une autre fois.

Ramassant les journaux, je les emportai dans le petit salon pour les lire et admirer de ma fenêtre les miroitements de lumière sur la glace et les congères.

Bobby assurait les gardes de nuit, comme d'habitude. Je l'entendis descendre l'escalier, entrer dans la cuisine où il se mit à farfouiller, ouvrir le placard des céréales et secouer une boîte.

— M'man, y a plus de Kommando Krunch ! C'est toi qui les as finis ?

— Je n'y ai pas touché, Bobby. J'étais à l'hôpital, rappelle-toi... Je ne consomme jamais d'hydrates de carbone. La farine raffinée, c'est mortel... Si tu veux contracter un diabète de type 2, mets ton Kommando-truc sur ta liste. J'irai faire des courses cet après-midi.

Je l'entendis poser son bol préféré sur la table de la

cuisine où j'avais travaillé, et l'écoutai froisser le sachet intérieur d'une boîte d'autre chose. Sans doute un machin avec sucre et chocolat comme ingrédients principaux.

— Maman, que font les coordonnées de Laurel Werling ici ?

— J'ai essayé de l'appeler. Je voulais l'interroger sur la nuit où Madeline est morte.

Le froissement cessa, et le silence fut si palpable que j'aurais pu y suspendre mon châle.

— Bobby ?

Pas besoin de le voir pour deviner qu'il transpirait — phéromones familiales ou simple intuition maternelle.

— Qu'y a-t-il, Bobby ?

Rien qu'un long soupir, et le grincement des pieds de la chaise à laquelle il s'était adossé.

— Maman, Laurel Werling a fait un genre de dépression nerveuse. Elle est à l'hosto, en psychiatrie.

— À l'hôpital ? Et tu ne m'en disais rien ? Bobby !

Je bondis de mon fauteuil pour aller dans la cuisine.

— Tu as droit à un seul bol ! Fais vite !

Je me précipitai dans ma chambre, enfilai ma blouse où était épinglé mon badge de bénévole et m'affublai d'une jupe, d'un pull et d'un manteau de laine. Puis je retournai au pas de charge dans la cuisine et, saisissant mon fils par l'oreille, le traînai jusqu'à ma Volvo pour me faire conduire à l'hôpital.

Je ne manquai pas de le réprimander tout au long du chemin. Pour commencer, Bobby ne s'intéresse à rien, sinon aux jeux vidéo ultraviolents. Un jour qu'il était avachi devant son écran, à jouer à un truc intitulé MMT et que je lui demandais ce que cela pouvait signifier, il m'avait répondu : « Meurtres, Morts, Tueries » — blasé à souhait. J'ai cru qu'il plaisantait. Un adulte, s'adonnant des heures durant à des jeux qui exaltent la violence... Pas étonnant qu'il soit toujours célibataire.

Au moment où je l'empêchais de tourner devant un bus scolaire, il me regarda comme si c'était ma faute, comme si c'était moi qui coupais la route à quarante enfants sans ceintures de sécurité.

— Maman, je t'avais dit que Laurel Werling avait été virée...

— Une question d'heures supplémentaires ?

— Oui. Comment savoir que tu voulais être informée de son état mental actuel ? Elle est arrivée dans un état terrible l'autre jour et a eu droit à une chambre particulière. Ce serait une dépression. Pas nerveuse... psychologique ?

— Psychotique.

— Voilà : dépression psychotique. Un truc personnel. À sa place, t'aimerais qu'on raconte ça à n'importe quelle fouineuse... ? (Cela lui suggéra une idée encore meilleure.) D'ailleurs, ceci est une information protégée par le secret médical.

— La paix, Bobby. Roule...

La voiture dépassa les urgences, entra dans le parking et accéda au dernier sous-sol. Il y avait une barrière automatique et un grand panneau disant : RÉSERVÉ AU PERSONNEL. Bobby l'ouvrit avec sa carte et se gara.

Tout en attendant l'ascenseur, je remarquai deux véhicules STOP NUISIBLES discrètement stationnés dans la pénombre, près d'un pick-up Ford chargé d'une lame de chasse-neige encore toute crottée.

— Bobby, les tremblements de terre causent-ils toujours des problèmes avec les nuisibles ?

— Et comment ! Rats, souris, cafards, fourmis...

Je faillis m'étrangler.

— Des fourmis ! Et tu ne m'en avais rien dit ! En hiver ? Les tremblements de terre font apparaître des fourmis ?

— Bien sûr. Je t'ai parlé de « vermine »... J'ai dit que les séismes affolaient la vermine. Ce n'est pas ce que je t'ai dit à Boston ?

L'ascenseur arriva, mais j'étais si émue que j'eus du mal à monter dans la cabine. Bobby appuya sur le bouton H, pour hall.

— Tu n'as pas parlé de *fourmis*, Bobby. Tu as dit que les rats s'en étaient pris aux cadavres. Qui a vu des fourmis ? Toi ?

— Ben, oui... Otto et moi, on en a vu tout un nid dans une réserve. Blondi s'est jeté dessus. On l'a trouvé aboyant contre une colonie installée dans un vieux serveur rack IBM.

— Et le corps de Madeline Kruger ? C'étaient les rats ou les fourmis qui s'en sont pris à elle ?

Il fuyait mon regard, et je savais bien pourquoi : il cachait une blague à tabac et des cure-pipes dans la poche de son manteau. Voyant cela, je dus me retenir pour ne pas lui flanquer une bonne fessée.

— Comment je saurais ? J'y étais pas. J'ai entendu dire que les rats l'avaient boulottée. Personne n'a parlé de fourmis.

— Où est le cadavre ? On l'a incinéré ?

— Il est peut-être toujours au sous-sol. Paraît que les membres de la famille ne sont pas d'accord entre eux. Foutus cathos... Certains voudraient la faire inhumer dans un cimetière, d'autres à la croisée des chemins avec un pieu en plein cœur, et les babas cool, la faire incinérer et disperser ses cendres sous l'Arbre de Vie, derrière le Temple de la Lumière Intérieure. Comme ils se font un procès, je crois que ses restes sont toujours à la morgue. Ce vieux Ray, lui, préférerait qu'on l'incinère, vu que c'est moins cher.

Une fois dans la place, il fallut une bonne demi-heure pour atteindre le service psychiatrique, avec tous ces gens, infirmières et autres, s'inquiétant de ma santé, me souhaitant une prompte convalescence et m'exprimant leur amitié. Il ne faudrait faire un tour au service « Plein Soleil », car l'infirmière Liz Hinton m'avais appris que ma vieille flamme, Lenny Stillmach, y était retourné, peut-être pour la dernière fois. Son cancer du pancréas le rongeait et sa gouvernante n'était plus capable de prendre soin de lui. Il me réclamait, ce cher vieux Lenny. En tout cas, il avait tenu parole, comme d'habitude. D'après les médecins, il aurait dû mourir six mois plus tôt, et il était toujours là.

On s'arrêta à la loge d'Otto, où Bobby prit un siège devant les écrans de contrôle en me jetant un regard buté.

— Vas-y toute seule, maman. Je ne contribuerai pas à troubler la quiétude d'une pauvre aliénée parce que tu veux lui poser des questions sur un suicide. Tu n'as pas pensé que ça pourrait la chambouler ? C'est arrivé pendant sa garde, tu sais.

En réalité, il voulait fumer sa pipe en paix sans avoir à se cacher de moi. C'était trop embarrassant de l'engueuler en public et je l'ai donc laissé à sa dégoûtante manie pour prendre l'ascenseur et monter au neuvième étage. Dieu m'est témoin que j'étais alerte et en pleine possession de toutes mes facultés mentales. Pas de rêveries, pas d'auras, pas « d'embrasement des sens » ni de ces visions contre lesquelles le Dr Mussolini m'avait mise en garde.

Un ascenseur arriva avec, à l'intérieur, une jeune et jolie femme en blouse blanche de laborantine. Elle tenait un plateau de seringues et de mini-flacons de prélèvements sanguins. Derrière elle, au-dessus du lambris en imitation noyer, il y avait un miroir mural — astuce répandue en décoration pour donner une impression d'espace dans un lieu confiné. Les autres parois étaient identiques, avec des mains courantes en acier brossé en dessous des glaces. La fille me sourit vaguement et se remit à étudier sa liste de patients.

Deux bizarreries. D'abord : au niveau du septième étage, le service de pédiatrie, j'entendis un enfant, ou plusieurs, pleurer. Je regardai la jeune femme, mais elle n'avait pas l'air d'entendre. Et ces pleurs semblaient provenir d'en haut, pas de l'autre côté des portes.

Le second événement fut encore plus inquiétant. La cabine s'arrêta au huitième — entre la pédiatrie, au septième, et la psychiatrie, au neuvième. Les portes s'écartèrent, la jeune laborantine sortit et personne n'entra, ou du moins le crus-je. Par réflexe, je réappuyai sur le bouton de mon étage, pourtant déjà lumineux. Lorsque je relevai les yeux, il y avait là un médecin d'un certain âge vêtu d'une blouse blanche propre et amidonnée mais très élimée et d'un style insolite — très longue, avec un col à larges revers empesés. Il était aussi squelettique qu'une momie et portait une coiffe verte de chirurgien, tandis que d'épaisses lunettes reposaient sur son nez osseux. Ses mains noueuses, tavelées par l'âge, étaient croisées devant lui, par-dessus une vieille brochure décolorée où l'on pouvait lire : « Du Bon Usage de la Warfarine (Coumadine) dans le Traitement des Troubles Thrombo-emboliques veineux. »

Il me sourit et je hochai la tête. Je le connaissais mais d'où... ? Je l'avais déjà vu. Puis il baissa la tête comme on fait tous dans les ascenseurs, et cela m'empêcha de le dévisager davantage.

Les portes venaient presque de se refermer lorsque *ding* ! elles se rouvrirent comme si quelqu'un avait enfoncé la touche juste à temps. Une famille de Somaliens — le père, la mère et deux enfants en bas âge — monta, suivie de ce galopin d'interne, Elmer Traff, un jeune original aux lunettes à la Buddy Holly ayant une réputation de fauteur de troubles.

Quand mon regard se dirigea vers l'endroit où le vieux toubib se tenait, il avait disparu !

Certes, maigre comme il l'était, il pouvait s'être éclipsé sans se faire remarquer, mais sa disparition me déconcerta. Et d'ailleurs, pourquoi monter et redescendre au même étage ? Aurait-il changé d'avis ? Ou avais-je été distraite par mes pensées concernant le bobard que j'allais devoir inventer pour parvenir à m'introduire dans la chambre de Laurel Werling ?

Au neuvième, l'ascenseur me déposa dans la zone d'attente sécurisée du département psychiatrique, où je dus attendre presque dix minutes car le bureau des infirmières était désert. Tout le personnel disponible s'activait aux étages, sans doute.

Enfin, une vieille aide-soignante se présenta, BERTA MUELLER, TECH PSYCH, à lire son badge. Elle m'ouvrit la porte après avoir jeté un œil à mon macaron de bénévole. J'avoue avoir déguisé la vérité en me présentant comme une « bonne amie » de Laurel Werling qui souhaitait, si possible, la voir et la réconforter pendant quelques minutes. Je m'en tins plutôt à l'esprit qu'à la lettre, n'ayant pas le temps d'expliquer que Laurel et moi avions partagé un traumatisme terrible, une expérience plus propre à créer des liens que les circonstances ordinaires de la vie qui forment en général le contexte des amitiés. Je savais seulement que Laurel serait heureuse de me voir et soulagée de pouvoir se confier à quelqu'un ayant vu la fin atroce de Madeline.

Berta m'informa que Mlle Werling était en 9D, service qu'elle indiqua d'un signe de tête. Elle déclara qu'il faudrait attendre que l'infirmière de nuit, Heather Howe, me donne la permission de la voir. Cette dernière était en salle de réunion, à un briefing, avant son tour de garde.

Voulais-je un café en attendant ?

Comme je venais de prendre du thé, je m'assis sur un tabouret rembourré pour patienter. Berta alla en 9B aider un jeune homme en détresse qui était venu chercher une feuille d'aluminium afin de se protéger la tête des extra-terrestres qui tentaient de lui laver le cerveau avec des radiations micro-ondes.

En regardant par la vitre en verre armé dans le couloir marqué 9D, j'eus une vision si étonnante qu'un cri m'échappa.

Au milieu du couloir, dans le demi-jour glauque, je revis le médecin de l'ascenseur. L'épaisseur du verre me gênait, mais c'était bien lui. Je collai ma figure à la vitre, et cette fois, le décor aidant, je le reconnus : c'était le vieux type qui s'était approché du bureau des infirmières la nuit où Madeline était morte ! Et, comme cette nuit-là, il se trouvait près du signal d'alarme, dans le même couloir ! *En cas d'incendie, brisez la glace.* Il tenait la même brochure que dans l'ascenseur et marchait calmement vers le bureau lorsqu'il m'aperçut. *Tu veux savoir ce que c'est, l'amour ?* Là, il s'arrêta, se retourna, frappa à une porte et disparut dans une chambre.

La vue de ce personnage me donna des palpitations. Je tentai d'empêcher la panique de gagner toute ma poitrine. Prenant une profonde inspiration, je guettai froidement en moi les symptômes d'une crise d'épilepsie. J'avais arrêté mon traitement, et m'en trouvais fort bien, mais qui sait si je ne subissais pas justement une crise ? Je n'étais pas en train de rêvasser dans un fauteuil ni d'entendre des voix ; j'avais été témoin d'un enchaînement d'événements étranges en deux endroits différents se prolongeant au moins pendant dix à quinze minutes, sans compter ce que j'avais vu deux semaines plus tôt ! Comment un vieux croûton qui se baladait fesses à l'air en tenant des propos délirants et bouffait des pilules deux semaines plus tôt pouvait-il parcourir les couloirs en blouse de médecin et voir des patients ?

Je cherchai l'aide-soignante, une infirmière — personne. Pas de chance. C'était le changement d'équipe et presque tout le monde était dans la salle des rapports.

Je pouvais ouvrir la porte du bureau des infirmières, mais ce serait aller au-devant des ennuis que de m'aventurer toute seule dans ce service. Je scrutai de nouveau le couloir 9D. Rien. Les patients étaient tous dans leurs chambres ou dans la salle commune située tout au fond.

Il ne me restait plus qu'à appeler Bobby. Après tout, il se trouvait avec moi la nuit où ce vieux était venu au bureau des infirmières. Il y avait un téléphone sur le comptoir. Je contactai le standard et priai l'opératrice de joindre la loge du vigile, ce qui me fit tomber sur Otto, qui m'affirma que Bobby était dehors, en train de parler (tout en fumant, sans doute !) avec Danny et Ollie, les techniciens d'urgences médicales de Castleview Rescue. Je laissai un message lui demandant de rappliquer au service psychiatrique du neuvième, et raccrochai.

Lorsque je relevai les yeux, le couloir était toujours aussi désert, mais comme je me retournais pour voir si les infirmières sortaient de la salle des rapports, je vis un vieillard en blouse blanche qui attendait l'ascenseur dans la zone d'attente sécurisée. Il tenait une sacoche de la main droite et un épais bloc-notes ou manuel sous le bras gauche. Le même vieux schnock ! Sauf que, maintenant, il portait un genre de casque de chantier noir, en plus de sa blouse blanche. Il se tourna pour me regarder à travers ses lunettes cerclées de fer. Sur son casque figurait un logo en relief représentant un cafard stylisé accompagné de ces mots : STOP NUISIBLES. Un écusson reprenant ce logo et le nom de l'entreprise était cousu sur sa blouse, au niveau du sein gauche. Le vieux transportait une trousse à outils ouverte, renfermant des petites boîtes étiquetées « Raticide : Danger ! Contient de la Warfarine. Extrêmement Toxique. »

L'ampoule au-dessus de l'ascenseur s'alluma, le signal retentit et les portes s'ouvrirent. Il se retourna à demi vers moi et je pus voir la couverture du manuel sous son bras. On y voyait un crâne vers lequel était pointé un outil en acier. Le vieux — je jure que c'était le même ! — me sourit et souleva son casque, comme pour me dire adieu, et c'est alors que je retrouvai la longue cicatrice blanche courant de la tempe gauche à l'arrière de l'oreille. La même cicatrice blafarde que j'avais vue sur le crâne du vieux sac d'os, la nuit où Madeline était morte.

Il monta dans l'ascenseur.

— Vous en avez des gros, par ici..., dit-il, et les portes se refermèrent sur lui.

Était-ce bien cela ? Ces mots ne me parvenaient qu'assourdis par ma vitre, et j'en avais déchiffré au moins la moitié sur ses lèvres exsangues.

Vous en avez des gros, par ici ?

Entra Berta, l'aide-soignante. Lorsque j'eus fini de lui raconter ce que j'avais vu, je devais avoir l'air de quelqu'un ayant besoin d'une chambre ici même.

En professionnelle habituée à démêler des récits confus, Berta tâcha de donner de la logique à mon histoire tandis que ma panique et ma terreur augmentaient.

— Vous dites avoir vu un type en blouse blanche. Bon, était-ce un médecin ? Un inhalothérapeute ? Nous recevons effectivement des médecins...

— Non ! Enfin, oui. Quand je l'ai vu dans l'ascenseur, il ressemblait à un médecin, oui, et il y a une minute, dans ce service, il portait une blouse blanche. Mais quand il a pris l'ascenseur, il portait un casque en plus de sa blouse blanche, et il y avait sur cette blouse le nom et le logo de l'entreprise de dératisation dont les véhicules sont garés au sous-sol.

— Il est passé par le bureau des infirmières ?

Apparemment, on ne pouvait pas aller du service aux ascenseurs sans passer par ce bureau. Détails, détails...

À présent, infirmières et techniciens psychiatres venaient de sortir de la salle des rapports. Ils finirent pas accepter que je leur montre la chambre par où le mystérieux personnage avait disparu, en 9D.

En avançant dans ce couloir, je me mis à trembler de frayeur. J'avais du mal à m'en tenir à ma version — j'étais bénévole au service « Plein Soleil » et une « bonne amie » de Laurel Werling, car je ne parvenais pas à effacer cette tête de ma mémoire. La nuit où Madeline était morte, il était là aussi. *Tu veux savoir ce que c'est, l'amour ?* J'étais sûre de le connaître, de l'avoir rencontré avant ce vendredi 13. Était-ce dans mon enfance ?

Nous étions arrivés à la porte.

Non. Non. Mon Dieu, faites que cela ne soit pas ! L'infirmière Heather ouvrit la porte, qui était bien sûr celle de la chambre de Laurel Werling. Le spectacle qui nous y attendait était prédestiné, comme conçu au premier jour de la Création et attendant depuis lors, dans cette pièce, au neuvième étage du Kingdom Hospital, d'être découvert par nous.

Laurel Werling était toujours dans sa blouse fendue, assise par terre, une jambe bizarrement repliée sous elle, sa nuque contre le radiateur, les bras ballants et écartés.

Par toutes les ouvertures, tous les orifices de sa tête et de sa figure, ruisselait une sinistre mixture composée de sang et d'un liquide séreux. Même de la muqueuse de sa langue bleuie et enflée, comme de l'ourlet de ses lèvres, s'écoulait ce fluide rosâtre, comme si le répugnant suppôt de Satan avait mêlé son sang à de l'eau avant de le laisser jaillir.

Le reste du corps était couvert de sombres ecchymoses pareilles à des souillures sous-cutanées, là où l'hémorragie interne se diffusait vers l'extérieur, et le processus se poursuivait sous nos yeux horrifiés. Elle avait l'air d'être tombée de vingt étages et d'avoir été aspergée de sang et d'eau.

— Code bleu ! hurla l'infirmière Heather.

Enquête

Une petite vieille comme moi, avec un récent traumatisme crânien et des antécédents d'activité épileptique, ne fait pas le poids face au complexe médico-industriel et aux forces de police du Maine. Le commissariat de Lewiston et le chef de la sécurité de l'hôpital menèrent l'enquête sur le décès de Laurel Werling. À la différence de Madeline Kruger, qui était âgée et aux trois quarts morte lors de son admission, Laurel était une femme de trente-cinq ans en pleine santé avant sa récente dépression.

Je fus convoquée pour être entendue par plusieurs enquêteurs, à qui je relatai les faits tels que je me les remémorais. J'avais vu un type en blouse blanche trimbalant une brochure sur les anticoagulants où étaient clairement imprimés les mots *warfarine* et *Coumadine*. Par la suite, je l'avais revu tenant une sacoche avec des petites boîtes de raticide, dont les étiquettes mettaient en garde contre la warfarine. Laurel avait ingéré de la warfarine qui, comme la Coumadine, est un anticoagulant entrant dans la composition de médicaments, mais qui est aussi utilisé par les dératiseurs, car à fortes doses il provoque de graves hémorragies et empêche le sang de coaguler. Les êtres humains qui ingèrent de fortes doses de warfarine périssent tout comme Laurel Werling, en pissant un sang dilué par les lèvres, les yeux, la muqueuse buccale et tous les autres orifices, ainsi que par contusions et hémorragies internes massives.

J'avoue avoir minoré — euh, je l'ai même passé sous silence — le fait que c'était le même type que j'avais vu dans la nuit du 13 décembre. La question n'ayant pas été posée, je ne l'avais pas soulevée. Plusieurs enquêteurs m'interrogèrent de façon détournée sur la mort de Madeline, et je me retins aussi d'évoquer les fourmis. Je m'efforçais de convaincre des esprits sceptiques, cartésiens, que j'avais vu l'assassin de Laurel Werling, et une part de moi-même savait que je ne ferais que me nuire en citant des détails encore plus fantastiques, réels ou imaginaires, qui étaient hors sujet. Par conséquent, je les omis.

Peine perdue. De toute façon, personne ne me crut. Les administrateurs de l'hôpital contactèrent Stop-Nuisibles. Le patron déclara que ses employés prenaient leur retraite à soixante-cinq ans et qu'il n'avait actuellement aucun dératiseur de plus de cinquante-cinq ans à son service. Il avait envoyé deux équipes le jour où Laurel Werling était morte. Le plus âgé de ces techniciens avait quarante-deux ans et les hommes étaient intervenus au niveau des fondations, près de l'endroit où le séisme avait fait des dégâts et où l'on avait signalé des problèmes. À aucun moment, ils n'étaient montés dans les étages ou au service psychiatrique.

Quant à un mystérieux médecin en blouse blanche d'aspect squelettique, le plus vieux docteur de l'équipe présent ce jour-là était le Dr Louis Traff, un type affligé d'un léger embonpoint que je connaissais de vue. Vérification faite auprès de la sécurité (Otto) et du standard (Karen), le Dr Massingale déclara qu'aucun médecin extérieur à l'établissement, âgé de plus de soixante-dix ans et admis à circuler dans les locaux, n'était venu ce jour-là, et aucun visiteur correspondant à mon signalement ne s'était présenté à la réception, si la mémoire de Karen était bonne.

Si personne ne le disait, tout le monde semblait s'accorder sur le point que j'étais, soit complètement à la masse, soit en train de faire une rechute. Bobby me raconta que le « spectre » que j'avais vu avait été surnommé dans tout l'hôpital le Dr Rattigan, et qu'on se foutait bien de moi.

Au lieu d'admettre que le décès de Laurel Werling était pour le moins insolite, l'enquête conclut que Mlle Werling, infirmière patentée, avait réussi à se procurer et à stocker des doses de Coumadine (warfarine) pendant son séjour à l'hôpital et s'était délibérément empoisonnée.

Quant à l'horrible bonhomme dont la tête continuait à m'obséder la nuit, quand j'avais des insomnies, il devait avoir existé quelque part dans mon lobe temporal, où, tel le monstre de Frankenstein, il avait été rendu vivant par un orage électrique — seulement, dans mon cas, il s'agissait d'un éclair synaptique, produit dans la maison hantée de ma vieille cervelle.

Même Bobby se rangeait du côté de mes ennemis. Il m'apporta une violette africaine quelques jours après les obsèques de cette pauvre Laurel — avec un coléus aux ravissantes fleurs bleues — et, juste au moment où je m'attendrissais, il déclara :

— M'man, je t'ai apporté ces fleurs pour que tu ne penses plus à tes fantômes...

— Cette pauvre femme, dis-je sans pouvoir retenir mes larmes.

— Ce n'est pas ta faute. Elle était timbrée, et elle s'est zigouillée elle-même.

— Non, Bobby. Elle n'était pas timbrée. Elle était aussi saine d'esprit que n'importe quelle autre infirmière surchargée de travail dans cet hôpital. Seulement, ce que nous avons vu ensemble, la nuit où Madeline Kruger est morte, l'avait ébranlée. Si je ne me méfie pas, je prendrai le même chemin...

Le traitement

Depuis des années, je consultais le Dr Lona Massingale, femme merveilleuse et neurologue pleine de bon sens qui m'avait soignée pour des acouphènes et des picotements occasionnels aux extrémités. J'avais également subi ce rite de passage désormais intimement lié au cap de la soixantaine chez les Américains — un test de mémoire pour détecter un Alzheimer précoce. Réussi haut la main. À l'époque, le Dr Massingale m'avait proposé d'échanger nos mémoires respectives.

Elle prenait toujours le temps de tout expliquer et d'intégrer mes propres thérapies alternatives au traitement proposé. Mais depuis le coup du Dr Rattigan, ses explications soignées n'adoucissaient plus l'aiguillon de ses diagnostics et prescriptions. Ordre me fut donné de reprendre la Scyllazine, 100 milligrammes deux fois par jour, pour cause d'activité épileptique récidivante. Pour combattre ce qu'elle nommait « apraxie » et « dysphorie » — les fâcheux effets secondaires qui me faisaient aspirer au néant — elle me prescrivit aussi 100 milligrammes de Charybdisol deux fois par jour, grosso modo le même cocktail que le Dr Metzger m'avait recommandé à Boston.

Si je n'avais été mieux informée, j'aurais pu croire que ces médecins appartenaient tous à la même société secrète financée par les grands groupes pharmaceutiques, ce qui leur permettait de standardiser leurs pratiques, diagnostics et prescriptions. Dans cette conspiration globale, les « secondes opinions » sont une illusion, soumises au bon vouloir de toutes ces sociétés d'investissements qui lancent des « études » recommandant — comme de bien entendu ! — ces mêmes produits que leurs banquiers d'affaires vendent. Autant demander à un maoïste une seconde opinion sur le Petit Livre Rouge.

Je continuai à voir le Dr Massingale au Kingdom Hospital pendant quelques mois. Le diagnostic officiel me concernant, après mon séjour à Boston, était : commotion cérébrale avec contusion et hémorragie légère au lobe temporal droit, et activité épileptique non clinique détectée par EEG. Elle avait de bonnes nouvelles : à savoir que je n'aurais sans doute pas à retourner à Boston, car le Kingdom Hospital avait presque fini son agressive politique d'expansion dans les départements de neurologie, neurochirurgie et neurosciences. L'acquisition de matériel d'imagerie médicale faisait partie de cette expansion et un effort de recrutement était en cours pour attirer quelques neurospécialistes triés sur le volet.

Le Dr Massingale m'avertit que des symptômes neurologiques subsistants étaient la norme pour une personne de mon âge subissant le contrecoup d'un traumatisme crânien, mais les séquelles devaient se dissiper avec le temps. Je ne gobais pas du tout les explications du corps médical concernant mon cas, et je n'avais pas non plus abandonné ma propre enquête sur les décès inexpliqués (du moins, pour moi) de Madeline Kruger et Laurel Werling. Cependant, ces médicaments me privaient de mon énergie coutumière et souvent je trouvais plus facile de remettre ma tâche au lendemain, et plus facile encore de me demander s'il valait la peine de tenir mon journal ou d'approfondir mes recherches.

Les Kruger devaient avoir un identificateur d'appels, car personne ne décrochait jamais quand je téléphonais. Je songeai bien à appeler de l'hôpital, mais pour dire quoi, quand on aurait décroché ? Ha-ha ! Je vous ai bien eus ! Selon Bobby, les trois enfants de Madeline étaient revenus à Lewiston pour se partager les maigres biens de leur mère, disposer de sa maison et empocher le produit de la vente. J'écrivis deux lettres — l'une de condoléances, l'autre demandant si Mme Kruger avait laissé des papiers regardant notre enfance. Aucune réponse. Bobby me raconta que Hilda, l'aînée et l'exécutrice testamentaire, avait défendu à Ray et à leur petite sœur, Peggy, de me parler de leur mère et de me donner quoi que ce fût.

J'allais voir le Dr Massingale une fois par mois, environ, pour des vertiges intermittents, des nausées et une difficulté de concentration, sans savoir si c'était les suites du traumatisme crânien ou les effets secondaires du traitement. J'accusais les médicaments, mais selon elle il fallait laisser faire le temps et être patient.

Un nouveau vertige me flanqua par terre, dans ma cuisine, agrippée au frigo et criant après Bobby (« Oui, Bobby, c'est comme dans la pub à la télévision, je suis tombée et je n'arrive pas à me relever ! »), tandis que tout tournoyait autour de moi. Retour chez ma doctoresse.

Le Dr Massingale convint que ce vertige appelait du repos et de nouveaux examens ; sinon je n'aurais peut-être pas autant de chance la prochaine fois. Elle me fit admettre au Kingdom Hospital pour une série de scans et des tests. C'est ainsi que je fus l'une des premières patientes admises à l'étage des traitements neurologiques fraîchement rénové, où travaillait la fine fleur des neurologues et neurochirurgiens de Nouvelle-Angleterre — du moins, à en croire l'article en première page du *Sun Journal*.

D'après le Dr Massingale, il était d'ores et déjà difficile d'obtenir une place dans ce nouveau service en raison de la pénurie de soins neurologiques de qualité dans cette région. Et j'y étais !

Là encore, il y avait des moments où j'étais prête à croire les médecins, mais quelle importance ? J'étais vieille et je ne rajeunirais pas. Les médicaments sapaient l'énergie dont j'avais besoin pour découvrir la vérité. Sans preuve, je n'étais pas de taille à les combattre. Je ne serais pas la première à quitter ce monde sans avoir pu révéler un secret.

C'est alors que j'eus de la visite.

Dr Rat

Castleview Rescue assure des transports d'urgence pour le comté d'Androscoggin. Deux des techniciens d'urgences médicales, Danny Odmark et Ollie Svingen, vinrent me rendre visite dans ma chambre avec un joli petit bouquet de ballons acheté à la boutique-cadeaux. Quels braves garçons ! En plus, Bobby devait les avoir tuyautés sur mon goût pour les amaryllis car Ollie m'en offrit une dans son élégant soliflore.

Je les avais rencontrés plusieurs fois car Bobby avait travaillé avec eux dans la salle des urgences, où ces gens-là passent la moitié de leur temps. Mais il préférait bosser là où les erreurs sont plus réparables et les soucis moins constants. Soigner de grands traumatisés fraîchement arrivés et des crises cardiaques en cours, c'était trop stressant pour lui et il avait demandé son transfert. Comme il était ponctuel, assidu et avait passé avec succès les tests anti-drogues, on lui avait proposé un boulot de garçon de salle assurant les déplacements quotidiens des patients.

Pourtant, étant donné qu'il traînait toujours dans la loge d'Otto, juste devant la salle des urgences, on voyait souvent Ollie et Danny. Il leur arrivait d'être grossiers, à cause de leur métier qui les mettait au contact de morts horribles, mais leur humour était toujours une défense — jamais méchant. Tout le monde à l'hôpital adorait leurs histoires — racontées dans l'argot pittoresque et bourré de sigles des vétérans des urgences — dans lesquelles des divinités mythologiques nommées les « Dieux Trauma » causaient les accidents les plus graves et décidaient du sort des blessés. Tandis que catastrophes routières ou carambolages étaient connus comme RR (Rodéos sur Roues), les personnes âgées mouraient d'OA (Overdose d'Anniversaires), la classe des patients les plus frustes était résumée par un numéro de RTD (Ratio Tatouages-Dents) et les motocyclettes étaient des « donneuses d'organes ».

Danny, qui tenait les ballons, les déposa sur ma table de chevet. Ils avaient même pensé à la petite carte — c'est rare, chez la gent masculine. « Bon rétablissement, Mme D. » de la main de Danny, à en croire les signatures, avec au-dessous un « Ollie » en grosses lettres rondes. Comme d'habitude, Danny semblait être le chef. Selon Bobby, quand les deux garçons fonçaient sur la route avec un patient à bord qui était TLC (en Train de se Laisser Couler) ou DM (Décidé à Mourir), Danny était en général à l'arrière, à tirer des lignes et pomper le ballon de ventilation, car sa compétence professionnelle et son expérience étaient supérieures, et même excellentes pour la région. Ollie conduisait mieux, mais il avait aussi la « plus grande pression d'air crânienne », selon l'expression du Dr Hook, « un pneumocephalus » — façon de dire qu'Ollie était ce que feu ma grand-mère juive allemande appelait un *Lutf-mensch* : une tête vide.

Ollie était préoccupé, outrageusement fasciné — d'aucuns diraient : obsédé — par la mort, surtout les yeux des morts. Bobby m'avait raconté qu'il lui arrivait, avec Otto, d'être en contact radio avec Castleview Rescue, et alors que Danny décrivait plusieurs PTMR (Personnes Trouvées Mortes sur la Route) — cadavres décapités, éjectés par les pare-brise et empalés sur des branches, morceaux de corps enroulés autour d'arbres à cames, torses étalés sur les voies, cervelles éclatées comme du pudding ou du chili con carne sur des camionnettes en accordéon — Ollie l'interrompait par un

« Ouais, et vous auriez vu les yeux de cette tête ! L'un regardait dans le bleu de l'au-delà, l'autre était plein de sang caillé et grand ouvert comme si la dernière chose que ce mec avait vue, c'était Satan lui refilant ses papiers de damné ! »

À en croire Danny, si tous deux étaient introduits par la proprio dans une chambre où un macchabée était assis dans son lit, un burrito entamé dans la main et la page des sports ouverte sur ses genoux, Ollie entrait dans une sorte de transe, posait son équipement et contemplait fixement le type dans les yeux. Danny se gardait bien de toucher le corps. S'il commençait à nettoyer le cadavre ou à le préparer au transport, Ollie, sans rompre son contact visuel avec le mort, disait : « Laisse-lui une minute, Danny. » Alors, il continuait à sonder ce regard, puis examinait soigneusement le corps. Comme si un cadavre frais était toujours une scène de crime spirituelle ou métaphysique appelant le respect d'un strict protocole et des procédures légales. Comme s'il lui fallait prendre des précautions spéciales, au cas où il risquait de voir le reflet de Dieu ou de Satan dans ces yeux-là. Ou mieux, au cas où, dans ce regard vitreux, il pourrait voir la dernière pensée du défunt avant qu'il ne se dépouille de son enveloppe mortelle pour se glisser dans l'au-delà.

Si les yeux étaient clos, Ollie semblait vaguement déçu, comme un pathologiste frustré de son autopsie ou un collectionneur dépossédé d'un spécimen rare.

Danny affirmait qu'il aurait dû ouvrir un compte épargne-retraite exonéré d'impôts et y verser un dollar chaque fois qu'Ollie lui disait : « Regarde-moi ses yeux, Danny ! »

Je croyais qu'ils n'allaient pas rester, mais ils refermèrent la porte, approchèrent des chaises et s'installèrent pour faire la causette.

— Madame, dit Danny, on a un truc à vous dire.

Il remua sa main entre nous trois, signifiant que cette discussion resterait confidentielle.

— On a entendu parler de vous et du Docteur Rat, dit Ollie, et on pense que les flics et les huiles de l'hôpital n'ont pas été réguliers avec vous.

— Eh bien, je n'ai pas été précisément traitée comme un témoin capital, juste une vieille folle au cerveau dérangé...

— On est comme vous, enchaîna Danny, on n'a pas de preuves, mais... (Il regarda Ollie.)

— Quoi, parlez, mes enfants !

— Vas-y, Ol... ! Dis-lui.

— Euh... Vous voyez le distributeur de boissons devant le foyer des infirmiers, dans le couloir de l'aile ouest, au premier ?

— Oui.

— Il y a une bande en chrome sur tout un côté, et le personnel d'entretien l'astique si bien que je peux en général me regarder avant de glisser mes pièces dans la fente. Ben, c'est ce que je faisais justement l'autre nuit, me croyant tout seul, quand tout à coup une main se pose sur mon épaule...

Ses bras s'étaient couverts de chair de poule et il en bredouillait d'émotion, signe qu'il ne plaisantait pas.

— Si je vous parle de la bande chromée, c'est qu'il n'y avait là que mon reflet, madame. Mais quand je tourne la tête, je vois un vieux, soixante-dix ou quatre-vingts balais, des cheveux blancs tout fins. Il porte un vieux manteau brun, une cravate et un genre de col-dur, et il a une grosse sacoche noire aux charnières rouillées. Je le trouve pas net, ce vieux décati. Ses lèvres sont presque blanches, sa peau comme de la paraffine, il est maigre comme un épouvantail et ressemble plus à un croque-mort qu'à un médecin.

— C'est lui !

— Répète ce qu'il t'a dit, Ol...

— Il m'a regardé et il a dit : « Pouvez-vous m'indiquer où ils ont emmené les enfants ? » (Ollie frissonna.) Brrr ! J'ai pas aimé son regard, m'dame ! Alors, j'ai répondu : « Je ne travaille pas ici, mais les ped's sont au septième. » Lui, l'air bête : « Les ped's ? » Et moi : « Pédiatres », et de regarder sa vieille sacoche craquelée — il doit être médecin ou l'a été — en disant : « C'est pas tout jeune, hein ? » Il regarde aussi. Peut-être. Peut-être pas. Puis, il dit : « Septième étage, merci », et il s'éloigne.

Je me retourne vers la machine parce que je n'ai plus envie de le voir. J'ai envie qu'il dégage. J'entends l'écho de ses pas sur le marbre. Je pousse le bouton. Et ces pas s'effacent trop vite... Alors, je me retourne vachement vite, et le couloir est... désert.

— Quelqu'un d'autre l'a vu ? Il a parlé à d'autres gens ? Cité des noms ? Il y a une caméra de surveillance sur place ?

Ollie et Danny se regardèrent.

— Je crois pas qu'on le verrait sur la bande, dit Danny. On vérifiera avec Otto, mais si Ollie n'a pas pu voir son reflet dans le chrome de la machine, c'est qu'il a pas dû non plus impressionner la pellicule. Le point important, c'est qu'il est *dans le coin*, d'une façon ou d'une autre...

— Il avait des orbites comme des cavernes et des pupilles pareilles à deux têtes de serpent...

— Vous étiez ici, la nuit où Madeline Kruger est morte ?

— Quelle question ! On l'a amenée ! Elle était morte, papattes en l'air, dans sa cuisine, et Danny lui a filé un coup de starter.

Ce dernier prit un air penaud.

— Je déteste faire ça à une malheureuse qui a raté l'Oregon Express, mais quand les flics sont là et que c'est mon boulot, je le fais...

— C'était quoi, déjà, le truc incroyable dans son cas ? Tu allumes le gaz et tu fourres ta tête dans le four, et cinq minutes plus tard l'employé du gaz se radine pour relever le compteur ! Au cinéma, personne n'y croirait...

— Avez-vous vu la lettre qu'elle a laissée ?

Ollie regarda Danny. Danny regarda Ollie.

— Elle a pas laissé de lettre, dit Ollie. À moins que le mec du gaz l'ait fauchée... Non, pourquoi ?

— Les flics n'ont pas parlé de ça, eux non plus, renchérit Danny.

— On m'a dit qu'elle en avait laissé une.

— Vu tout ce qui s'est passé cette nuit-là, elle aurait pu laisser les manuscrits de la mer Morte, on n'aurait pas eu le temps de les lire.

— La pleine lune, un vendredi treize, dit Ollie. La nuit

où la petite du laboratoire cathéter est morte. C'est ce qui a tout déclenché...

— Déclenché... quoi ? dis-je.

Je savais qu'ils n'étaient pas à l'étage quand j'avais découvert le corps de Madeline.

— On n'a que l'embarras du choix, dit Danny. Les secousses. Le feu en cuisine, quand un bocal de graisse s'est fendu et qu'une flamme pilote a fait le reste... Mme Kruger a été retrouvée morte là-haut. Ensuite, vous avez PNP...

— PNP ?

— Piqué du Nez dans le Potage, dit Ollie. Et les rats ont été pris de folie au sous-sol.

— Bobby ne m'avait pas parlé de ce feu en cuisine. Il faudra que j'enquête à ce sujet...

— Pas besoin d'enquêter, c'est arrivé au vu de tous ! Et ça empire...

— Laurel Werling et le Docteur Rat..., dit Danny.

— Et voyez ce qui est arrivé au Dr Egas, dit Ollie.

— Le Dr Egas ? Le drogué ? Celui qui a tué la fillette ? Bobby m'en a parlé et je l'ai lu dans le journal...

— C'est lui, dit Danny. Maintenant, il est là-haut, en unité de soins intensifs CPMD.

Je regardai Ollie.

— Criant Pitié Mon Dieu.

— C'est bien ce que je veux dire, déclara Danny. Tout, y compris le Docteur Rat, nous ramène à la nuit où la petite est morte. C'est à ce moment-là que la terre a tremblé.

— Pourquoi le Dr Egas est-il, euh... en train de crier pitié aux soins intensifs ?

— J'y viens... La secousse sismique a endommagé l'appareil de radiologie dans ce même laboratoire où le Dr Egas a tué la fillette. Les vibrations ont fendu le blindage et la gaine plombée autour du tube à rayons X. Lorsque le Dr Egas est venu allumer ce truc pour faire une radiographie d'un cœur, il s'est pris un maximum de radiations non filtrées — six rads par minute pendant tout le temps de pose, soit un total de cent vingt rads, et à ces niveaux-là, *rad* ne signifie plus « dose absorbée de radiation. »

— Non, dit Ollie, ça veut dire : « Radié ».

— Et écoutez ceci, continua Danny en se penchant en avant pour me prendre la main, tant il était ému. Techniciens, infirmières, patient, personne là-bas n'a été rissolé par ce tube cathodique merdique, à part Egas. Le rayon foireux était orienté juste sur sa nuque. Là où sa protection plombée s'achevait et où commençait sa tête démontée à la cocaïne.

— Actuellement, il est là-haut, à faire son Tchernobyl. Il a plus ses cheveux, il fait des hémorragies internes, JVPMS.

Je regardai Danny.

— Je Vais Pas M'en Sortir.

— Mes enfants, je vous remercie de tout cœur... Vraiment.

— Il se passe quelque chose de louche..., dit Ollie.

— L'administration s'efforce de le cacher. Ce n'est pas bien ce qu'ils vous ont fait. Comme si vous étiez la seule à voir des choses...

— Danny, voudriez-vous me donner mes calepins ? Je vais prendre bonne note de tout cela et me remettre au travail.

Plus de laisse

Cette visite rechargea mes accus plus que n'importe quoi dans ma calme et quelque peu pédante carrière de psychologue ésotérique. J'avais confirmation par au moins une source objective qu'il se passait quelque chose, en dehors de ma prétendue activité épileptique. Certes, le seul témoin oculaire était Ollie, l'homme au crâne gonflé d'air, mais Danny paraissait le croire. J'étais si excitée que j'ai fait une bêtise — en fait, plusieurs. Si une bourde est souvent réparable ou négligeable, plusieurs peuvent parfois fusionner pour former une catastrophe composite à qui il pousse des tentacules et qui développe une volonté propre, le genre de chose que mon cher vieux papa appelait : une grappe de caramels mous.

J'avais des recherches à faire à présent, et ni le temps ni la patience de fainéanter sous médicaments. Comme je n'avais pas le courage de dire la vérité au Dr Massingale, je continuais à me laisser apporter mes cachets tous les matins, feignais de les avaler et allais les jeter aux toilettes la nuit. Vilaine. Je chassai la lie des produits pharmaceutiques de mon organisme avec des bains de clair de lune, des inhalations de sauge et des méditations profondes et quotidiennes, aidée de mon cristal-fenêtre guérisseur favori. L'énergie revenait dans mes os fatigués. Je pus reprendre mes promenades et aller explorer les couloirs du Kingdom Hospital, usant de mon pendule pour détecter perturbations et convergences harmoniques.

Je téléphonai à la bibliothèque de ma fac pour commander copies des microfiches des comptes-rendus parus dans la presse sur l'incendie de l'ancien hôpital en 1939. Cela n'allait pas se faire en un tour de main, me dit-on, mais ils pensaient y arriver.

Ensuite, une erreur tactique. J'aurais dû écouter Bobby, mais je n'en ai rien fait. La lettre de Madeline, ou son absence, me tracassait. Elle devait l'avoir laissée quelque part dans la maison avant de commettre l'irréparable sur sa personne. Je ne pouvais supporter de ne pas en connaître le contenu intégral. Cette femme était écrivain, bon sang, et je devinais d'après les passages recopiés par son fils, Ray, que tous les termes en avaient été soigneusement pesés. Je voulais voir la totalité du document. Ici, à l'hôpital, leur identificateur d'appels ne pourrait pas informer Hilda, et les siens, que l'appel était de moi — je retins donc mon souffle et téléphonais.

Je n'aurais pas dû.

Une femme répondit, « Allô » d'une voix humble, à peine audible.

— Allô, Eleanor Druse... Sally. J'étais une bonne amie de votre mère. À qui ai-je l'honneur ?

— Peggy. Peggy Kruger. La fille de Madeline.

— Bonjour, Peggy. Je ne pense pas vous avoir rencontrée, mais j'ai très bien connu votre mère jadis et elle a essayé de me joindre la nuit où elle... nous a quittés. En fait, je suis allée la voir à l'hôpital, cette nuit-là.

— Ah oui ?

Elle parlait comme une femme qui n'a pas toutes ses chaises autour de la table, si vous me comprenez. Elle était aimable, mais ne voyait pas du tout qui j'étais ni à quel papier je faisais allusion. Je tentai différentes approches. Peggy laissa échapper que sa sœur Hilda serait à New York jusqu'à la fin de la semaine.

— Ah ! Dans ce cas, pourriez-vous regarder *vous-même* s'il n'y aurait pas un document, un mot, où figurerait mon nom ? Votre mère demandait mon aide dans un autre de ses messages et je voudrais être sûre d'avoir bien compris ce qu'elle voulait de moi. Pourriez-vous faire cela ?

— Oui, dit Peggy, mais elle semblait absente, comme une courge qui n'a plus ses graines. Oui, je pourrais regarder si je vois « Sally » quelque part. C'est bien ça ?

— Sally Druse. Ou Eleanor Druse. Je vous en serais très reconnaissante.

Lui ayant laissé mon numéro à l'hôpital, je la priai de me prévenir au plus vite si elle trouvait quelque chose. Je pourrais envoyer Bobby là-bas pour prendre ce truc avant... bon, je ne l'ai pas dit, mais avant le retour d'Hilda.

Ensuite, je convoquai Bobby. Gentiment. Je ne lui ai pas passé un savon pour ne pas m'avoir informée du sort du Dr Egas, ni du fait qu'Ollie avait vu, lui aussi, un mystérieux vieux docteur rôdant dans les couloirs de l'hôpital. J'aurais pu, mais je ne l'ai pas fait. À la place, je lui ai gracieusement demandé si ça l'ennuierait beaucoup d'aller voir le bibliothécaire du Kingdom Hospital, M. Bates, pour regarder s'il y avait des archives ou documents antérieurs à l'incendie, d'autres articles de journaux sur ce sujet, des monographies ou enquêtes relatives à l'ancien hôpital à l'époque du sinistre, ou avant. C'était ce qu'on appelle « ratisser large », mais je connaissais Bates ; il avait presque mon âge et savait donc sans doute de quel côté chercher, même s'il n'avait pas lui-même la marchandise. Tout ce qui pourrait me servir à démêler la curieuse allusion de Madeline à la date de l'incendie et à une petite fille perdue et n'ayant pas péri dans le brasier. Y compris de vieux dossiers médicaux.

Bobby m'interrompit avec un soupir douloureux.

— Là-dessus, je peux te répondre tout de suite, maman. Les dossiers médicaux sont conservés pendant sept ans. Dix, au maximum. Ensuite, on les incinère, sauf s'ils entrent dans le cadre d'une étude. D'ailleurs, tu parles de dossiers médicaux datant d'avant l'incendie ? C'était il y a soixante-quatre, soixante-cinq ans. Aucun dossier n'aurait été gardé aussi longtemps, même si par miracle il avait échappé aux flammes en 1939.

— Laissons tomber les dossiers médicaux. Et une liste des médecins de l'équipe, ceux qui travaillaient ici à l'époque de l'incendie ? Il y a peut-être une histoire de l'ancien établissement quelque part. Tu dois m'aider, Bobby.

— J'essayerai, maman. Je vais voir M. Bates. J'irai aussi fureter du côté de ta fac pour voir ce qu'ils sauvent de la poubelle là-bas.

— Dis que tu viens de ma part. Je suis toujours professeur émérite, tu sais. On m'a privée de mon bureau pour le donner à un philistin qui enseigne la statistique, mais si on te fait des ennuis, tu diras que c'est Eleanor Druse, professeur émérite de psychologie ésotérique et de sciences noétiques, qui t'envoie.

— Oui, m'man...

En fait, je savais pertinemment qu'il ne pourrait jamais se rappeler mon titre, même si c'était la dernière question à figurer sur la liste de saint Pierre au jour du Jugement dernier.

Ascenseur 2, on monte

Le lendemain, je me réveillai de bonne heure et choisis mon cristal éponyme — un cristal arc-en-ciel druse — pour le mettre à mon cou pendant que je méditerais et purgerais mes kundalini et chakras de la contamination pharmaceutique occidentale. Plomberie spirituelle, pourrait-on dire. Après quoi, rafraîchie et alerte, je m'emmitouflai dans ma robe de chambre. Attentive, ainsi que nous autres, du type introspectif, aimons à nous définir, perméable aux champs d'énergie qui gouvernent mon petit coin d'univers. Je me mis en route pour une promenade et une visite à mon vieil ami Lenny Stillmach, qui était là-haut, au service « Plein Soleil » avec son cancer du pancréas au stade terminal et qui se préparait à son ultime voyage.

Je suivis une indication « sortie » et montai une volée de marches pour gagner un étage où les infirmières ne me connaîtraient pas (enfin, ce n'est pas tout à fait vrai, *tout le monde* me connaissait, à présent ; mais, à un autre étage, on ne s'étonnerait pas de me voir déambuler toute seule). En raison de mes récents vertiges, je n'avais pas positivement le droit de me déplacer, et j'avais oublié de demander au Dr Massingale la permission de monter voir Lenny. On pouvait raisonnablement supposer que j'avais droit à une certaine tolérance quant au règlement et aux restrictions encadrant les déplacements à pied et les transports de patient. Après tout, j'étais quasiment une employée de cet hôpital. Je savais m'orienter et ce qu'il fallait faire en cas de vertige.

J'allai devant les ascenseurs et appuyai sur la touche « Up ». Les chiffres indiquaient que la cabine 1 était dans le hall ; la cabine 3 sur le toit ; et la cabine 2 trois étages au-dessous et montant vers moi. Le signal sonore retentit, les portes de la 2 s'écartèrent et je retrouvai la même vieille et banale cabine vide : le même revêtement en imitation noyer, les mêmes miroirs muraux et les mains courantes en acier brossé.

Montant sans hésitation, je poussai la touche T — le toit, qui d'un côté donne sur le service « Plein Soleil » et de l'autre donnait autrefois sur une terrasse. Hélas, cette terrasse a été recouverte de grillage en 1999, après qu'un interne, l'un des fils Traff, Edgar, se fut jeté du toit pour trouver la mort douze étages plus bas, lors de sa seconde nuit de garde. Ollie et Danny étaient en salle des urgences au moment des faits et ils furent en mesure de diagnostiquer un « Empoisonnement au Béton Assisté par la Gravité », ayant pour résultat un « soufflé au trottoir ». Heure du décès : trois heures du matin, l'heure terrible pour les âmes tourmentées. Le père, Louis Traff, est toujours chirurgien ici ; il ne s'est jamais vraiment remis de ce suicide ni du mot laissé par son fils : « Par la présente, j'acquiesce à l'opinion de mon père à mon sujet. » Traff père prit lugubrement sa place dans la société contre nature des parents qui ont enterré leur progéniture.

Le frère cadet d'Edgar, Elmer, est aujourd'hui médecin résident ici et j'en frissonne car ses yeux brillent parfois de la même énergie déréglée.

Les portes se refermèrent, et je me retrouvai seule à monter vers le toit.

J'entendis les câbles siffler et filer entre les poulies, le ronron du moteur en l'air tandis que la cabine s'élevait. Soudain, elle s'arrêta si brutalement que la trappe en vibra au plafond et que je faillis me mordre la langue. Les néons bourdonnèrent, grésillèrent et s'éteignirent, me laissant dans une obscurité totale, suspendue à une hauteur de dix étages ou plus.

Silence. Puis, j'entendis un faible cri, si évanescent que je retins mon souffle — un chuchotement ténu. Encore une voix d'enfant, mais cette fois je n'étais nullement à proximité du service pédiatrique. Je tendis l'oreille pour la percevoir malgré le sifflement des câbles et le ronron des moteurs des autres cabines. Ces bruits mécaniques paraissaient excessivement durs et proches, et en levant les yeux je compris pourquoi : un panneau du plafond était entrebâillé, soit parce que les techniciens de maintenance l'avaient mal replacé, soit parce que cette halte soudaine l'avait délogé, ouvrant un accès triangulaire sur ce puits noir. Je voyais les câbles d'acier reluisants d'huile et des ombres se dérouler sur les murs en béton alors que la cabine 1 passait très vite dans la cage mitoyenne.

La voix de cette petite se distinguait des bruits réverbérés, et je reconnus la mélopée obsédante, la même souffrance et l'éternelle solitude que j'avais perçues dans mon cauchemar, ma crise d'épilepsie ou mon voyage jusqu'aux rives de la Mort — enfin, ce qui m'était arrivé la nuit où l'on avait retrouvé le corps de Madeline. Cette détresse inarticulée semblait reformuler l'immémorial argument contre l'existence de Dieu — qu'un créateur bon n'aurait pas inventé un monde où les enfants souffrent. Avec des accents plaintifs et navrants, cette voix semblait poser la poignante, l'insupportable question : *Pourquoi faut-il que je souffre horriblement, moi, une innocente ?*

Une rafale de parasites fit trembler mon cœur dans ma poitrine.

— Otto, de la sécurité, à cabine 2. Y a-t-il des passagers en cabine 2 ?

Les néons bourdonnèrent, grésillèrent et la moitié d'entre eux se rallumèrent pour éclairer vaillamment l'intérieur d'une lueur verdâtre et malsaine.

Sa voix couinait depuis un haut-parleur situé près d'un combiné à hauteur de mes genoux.

— Oui, Otto. C'est Sally Druse. Je montais au dernier étage et, là, je ne sais pas comment, la cabine s'est arrêtée.

— Toujours la 2, marmonna-t-il, suivi d'une nouvelle

rafale de crépitements. Appuyez sur l'interrupteur rouge près du téléphone, Sally. Ça devrait se remettre en route.

Je trouvai l'interrupteur, appuyai dessus, et me donnai une petite frayeur lorsque la lumière s'éteignit de nouveau.

— C'est ça, Sally. Maintenant, réappuyez.

J'obéis. La lumière revint et l'ascenseur trembla, oscilla et reprit son ascension.

— Ça marche !

— À la bonne heure.

— Otto, quand la cabine s'est arrêtée, j'ai entendu une enfant pleurer, une petite fille. On vous a déjà signalé ce phénomène ?

Longue pause, suivie d'un surcroît de parasites.

— Non, rien là-dessus. J'ai cru moi-même en voir une sur un écran de contrôle l'autre jour, mais le Dr Hook qui venait justement de ce côté-là m'a dit qu'il n'avait rien vu de ce genre.

J'étais prête à m'emballer, quand j'eus subitement le pressentiment de ce qui arriverait si jamais j'apportais mes preuves sous leur forme actuelle aux autorités constituées et tentais de les convaincre qu'une « présence sentie » ou un spectre rôdait dans l'hôpital. On examinerait Otto, qui était censé avoir vu la fillette, et on établirait qu'il était quasi aveugle ; quant à moi, qui étais censée l'avoir vue, on découvrirait que j'étais dure d'oreille et sujette aux acouphènes. Cas suivant.

L'ascenseur poursuivit sa course, chaque étage clignotant à son tour sur la bande des chiffres lumineux.

Je me retournai pour regarder dans le grand miroir et

scruter mes pauvres yeux. Épilepsie ? La voix de cette enfant était-elle en moi, ou en dehors ?

— Otto ? Vous êtes toujours là ?

— Toujours, madame Druse.

— Otto, quand vous verrez Bobby, voulez-vous lui dire que j'ai besoin d'un petit magnétophone de toute urgence ? Rien de compliqué. Un simple magnétophone à cassettes que je puisse porter sur moi, pour m'en servir de dictaphone, par exemple...

— Je n'y manquerai pas, madame Druse. Au moment même où je vous parle, je prends note...

— Merci, Otto.

Lenny

Le service « Plein Soleil » n'était pas l'endroit que j'aurais choisi pour faire mes adieux et prendre congé, mais c'était nettement préférable à une bataille rangée aux soins intensifs. Si ça s'appelait « Plein Soleil », c'est que cela se trouvait sur le toit, avec des solariums partout, mais aussi parce que c'était l'idée des administrateurs et des psychologues de l'hôpital qui n'avaient pas une expérience de première main de la mort et des mourants — cela va sans dire. Il faut être totalement insensible pour décorer les murs et panneaux d'affichage d'un hospice avec des visages hilares vous souhaitant une bonne journée et des posters légendés représentant, par exemple, de mignons chatons cramponnés à des cordes à linge (TIENS LE COUP, PETIT), ou encore des cruches bien fraîches de citronnade à côté de bouquets de fleurs (SI LA VIE TE TEND DES CITRONS, FAIS-EN UNE BONNE CITRONNADE).

Plusieurs versions des autocollants Opération Air Matinal (vieux ou neufs) festonnaient les portes, fenêtres, écrans d'ordinateurs et pièces d'étoffe des paravents entre les alcôves. Opération Air Matinal, ou OAM, comme ses partisans hyper endoctrinés aimaient à l'appeler, était le tout dernier programme de relations publiques, motivation et bien-être d'entreprise concocté par le Dr Jesse James, administrateur du Kingdom Hospital (« On ne se moque jamais de son nom », affirmait Bobby). Comme toute « nouvelle » politique de promotion de la culture d'entreprise, OAM était censé réaliser des transformations fondamentales et structurales, organisationnelles, motivationnelles et tutti quanti en changeant le nom de tout, en particulier l'intitulé des jobs. On n'appelait plus les patients des patients, ni des *gorks* (*God-only-really-knows* : « Dieu seul sait »), ni des *gomers* (*Get-out-of-my-emergency room* : « Sors de ma salle des urgences »), ni « le foie du lit 6 » ou « le cœur ouvert du lit 5 » comme par le passé. Ce n'était pas non plus des « produits » comme dans les bureaux de la direction. Non. Depuis l'Opération Air Matinal, les patients étaient des « clients Air Matinal ».

Seuls un Dilbert ou un Kafka pourraient décrire l'inanité de l'Opération Air Matinal, et les collègues du Dr Hook et du Dr Massingale trouvaient l'optimisme folâtre et vain de ce programme pénible et démoralisant. Les cadres moyens qui prétendaient aimer OAM endoctrinaient bénévoles et salariés avec leurs autocollants et leurs slogans, afin de peupler les couloirs de zombies hilares se recommandant mutuellement de respirer un bon bol d'air matinal purificateur.

Lenny avait même un autocollant OAM au dos de son Casino Queen, un jeu vidéo portatif de black jack offert par l'un de ses petits-fils. Lorsqu'il était lucide, il y jouait avec une passion maniaque. Vaincre la machine le transportait d'extase de façon presque inconvenante pour un mourant, et tout échec faisait de ses derniers jours un morne paysage de désolation.

C'était difficile pour moi de le préparer à son dernier voyage dans un tel lieu. Mais là encore, qui tient à consacrer à Casino Queen les dernières heures d'une vie de quatre-vingt-trois ans, au cours de laquelle il a vu quarante pays et deux guerres, ne doit pas trop se soucier de ce que disent les posters-chats aux murs.

Ce n'était pas une corvée pour moi que de voir le jeune et viril Lenny dans ce corps décharné, calé contre ses oreillers. Le moi intégral est la somme de tous nos « moi », un pour chaque moment de la vie terrestre, réunis à l'heure de notre mort.

— Sally, dit-il, et ses yeux bleus s'illuminèrent comme un matin de mai.

— Lenny, dis-je, et il n'y avait rien à ajouter.

Lenny avait été un cas rare : le « David » de Michel-Ange depuis les pieds jusqu'au cou, et pour le reste ce bon vieux Lenny Stillmach, avec son gros nez et ses sourcils à la Groucho Marx. Je l'aimais tendrement. On ne s'ennuyait jamais ensemble. Nous avions fait l'amour une fois. Personne n'en savait rien, mais oui, Lenny et moi avions été amants. Notre secret. Une nuit seulement, à l'apogée de cette fièvre dans le sang appelé la jeunesse... La guerre était finie, et le pays en liesse. On avait fait ça dans un fauteuil parce qu'il avait le bras en écharpe. Avant qu'il ne revienne aux États-Unis, un obus défectueux avait explosé, projetant des éclats sur le pont de son navire. Une musique entraînante venait du dancing. C'était l'été, on avait le sang chaud et le cœur solide. Comme Lenny aimait à dire : « Ça ne s'est produit qu'une fois, mais c'est inoubliable. »

Une fois — une seule. Lorsque les hasards de la vie nous avaient remis par la suite en présence, il était en général flanqué d'une épouse aux cheveux teints et aux sourcils épilés qui parlait de son chat, ou bien j'avais le prétentieux Randall à mon côté, l'historien d'art qui ne cessait de babiller sur la position des mains dans l'Adoration de l'Agneau mystique de Van Eyck, ou sur sa dernière monographie concernant l'iconographie de Hugo van der Goes. À de tels moments, coincés comme deux rochers dans le fleuve de la vie, nous nous regardions à travers les flots déchaînés en pensant : *Pourquoi ne s'est-on pas mariés ensemble ? Pourquoi es-tu avec ce crétin sentencieux ? De quoi est-ce qu'il/elle cause ?*

Leonard Stephen Stillmach était né à Sheboygan, Wisconsin, le 13 avril 1920. À la fin de ses études secondaires, la Grande Dépression tenait encore l'Amérique en étau comme une belle gueule de bois. Les temps étaient durs, le chômage sévissait. Il avait travaillé deux ans dans le Civilian

Conservation Corps comme routier, conducteur de bulldozer et grutier. En 1940, il s'était engagé dans la U.S. Navy pour six ans.

Au bout de dix semaines de formation à la base navale de Great Lakes, on l'avait affecté sur le contre-torpilleur USS *Tucker* basé à Mirror Island, Californie, qui avait appareillé pour Hawaï. Le 7 décembre 1941, Lenny avait vingt et un ans et il était marin de première classe. Il manœuvra une mitrailleuse quand les bombardiers torpedo japonais piquèrent sur son navire. Il vit des camarades mourir sous ses yeux quand l'USS *Arizona* explosa et sombra à une centaine de mètres de lui.

Plus tard, alors qu'il escortait un autre bâtiment dans le Pacifique Sud, son propre navire heurta une mine et s'abîma en mer. À la fin de la guerre, il était à Okinawa.

Il repassa à l'action pendant la guerre de Corée au niveau du 38e parallèle, au large de la côte coréenne. Il servit vingt ans dans la U.S. Navy avant de prendre sa retraite à Lewiston.

Je pouvais me moquer de lui à présent. Sa tête chenue et hirsute était calée contre l'oreiller. Ses doigts manipulaient frénétiquement les boutons de Casino Queen, puis le jeu émit une série de notes en triolets descendants, sur quoi il maudit la « Reine du Casino » comme il aurait maudit un véritable croupier.

Notre déraisonnable béguin l'un pour l'autre, notre goût puéril pour la rigolade, le mariage n'en a jamais eu raison. Il faut croire que les astres n'avaient pas voulu que nous partagions la même couche pendant les cinquante ans qu'il nous aurait fallu pour explorer nos univers intérieurs.

Une fois — inoubliable.

Le moment venu, je viendrai le recouvrir de pétales de rose et l'embrasser. Cher, cher Lenny.

Il écarta son jeu et ferma les yeux. Je lui pris la main et le regardai glisser dans un sommeil à la respiration troublée. Une partie de moi-même aurait aimé lui fermer les yeux pour de bon et partir avec lui. L'autre se demandait ce qu'il verrait quand il quitterait son corps. Est-ce qu'un tunnel sombre l'attendrait, avec une enfant pitoyable tout au bout ? Une silhouette bestiale en faction ?

Coincée

Je lisais à Lenny un beau passage de Rilke sur les anges. On y dit qu'ils ne savent pas toujours s'ils se déplacent parmi les morts ou les vivants ; que si le dangereux archange descendait des étoiles pour venir à nous, nos battements de cœur, énormes, nous tueraient. On peut avoir une longue et féconde existence sans poésie. Mais à la fin de notre temps sur Terre, tout prend des proportions gigantesques. Les moments gonflent et font craquer les jointures des minutes, des heures, des jours. Lorsque nous sommes à la dernière extrémité, les mots sont trop grands pour la prose et la conversation. Seules poésie et prière conviennent.

Pour ceux d'entre nous qui se débattent toujours dans le

tohu-bohu qu'on appelle la vie, c'est dans ces tendres moments de recueillement qu'en général l'une de vos connaissances débarque pour vous rappeler que les taux d'intérêt sur les hypothèques à taux fixe n'ont pas bougé depuis vingt ans — tu as pensé à appeler ton banquier ? Dans mon cas, ce fut Bobby, qui s'imposa dans notre petite oasis temporelle sans même demander la permission. Il poussait un fauteuil roulant avec deux grosses chemises poussiéreuses en papier kraft posées en travers et, par-dessus, un petit magnétophone. Brave garçon ! Les chemises me firent espérer qu'il avait enfin fait des découvertes sur l'incendie. Je voulus les atteindre, mais l'impertinent me flanqua une taloche sur la main, comme à un vulgaire garnement cherchant à s'ébouillanter avec la casserole sur le feu. Sa propre mère !

Je lui fis signe de se taire avant même de l'entendre, voyant à ses yeux exorbités et à ses lèvres tremblantes qu'il allait brailler. Comme tout le personnel, il n'avait aucun égard pour le désir d'intimité des autres. Pas seulement celui de Lenny — il ne jeta même pas un regard aux autres patients, qui étaient tous au terme de leur vie, en train de faire la paix avec eux-mêmes et leur Créateur, dépérissant et souffrant, peut-être déjà en train de communier avec les esprits des êtres chers. Bobby n'en savait rien et n'en avait cure. Il n'avait qu'une chose en tête : sa colère contre moi.

— Bobby, je faisais la lecture à Lenny. Qu'y a-t-il ?

Il gara le fauteuil roulant près de moi, à côté du lit, et se mit à se frotter la tête comme toujours dans les rares occasions où il daigne s'intéresser à quelque chose au point d'en être désemparé ou paniqué. Lorsqu'il fait ça d'une main, ça veut dire : « Danger ». Quand les deux mains interviennent, c'est que ça va vraiment chauffer. Sa console de jeux devait être tombée en panne.

— Maman, qu'est-ce que t'as fait ?

— Je l'ignore, Bobby. J'ai l'impression que tu vas me le dire... Aurais-je débranché ta console en passant l'aspirateur ?

— Tu n'as pas téléphoné à Peggy Kruger pour lui demander de fouiller dans les affaires de sa maman ?

Réponse facile. Je n'avais rien fait de tel.

— J'ai simplement demandé s'il y avait des papiers adressés à moi, ou faisant allusion à moi, que sa mère aurait voulu me faire parvenir.

Bobby se mit à faire les cent pas en tirant sur sa tignasse à deux mains, comme s'il voulait s'en arracher des poignées.

— Maman, cette fille est une débile mentale ! Elle a le cerveau d'une gamine de neuf ans ! T'as déclenché une crise ! D'après Ray, quand Hilda est revenue de New York, sa sœur se cognait la tête par terre, se piquait avec une fourchette et pleurait un enfant mort-né dont elle a accouché ici même, il y a dix ans. Hilda lui avait caché toute une caisse de papiers — de sombres secrets de famille et autres — que Peggy a trouvés sur ton instigation !

Oh ! là ! là ! J'avais peut-être un peu poussé. Juste un brin.

— Hilda est sur le sentier de la guerre, m'man. Elle voit des avocats. Peggy est ici, à l'hôpital, en psychiatrie, et si jamais tu t'en approches, je te jure, maman, elle va appeler la police et te faire jeter en prison ! Elle a déjà pensé à une ordonnance de référé, parce qu'elle sait que tu ne veux pas laisser tomber le suicide de sa mère.

Cela me chagrinait, bien sûr, mais quelque chose en moi blâmait Hilda pour ne pas avoir lâché l'information des semaines plus tôt. Légalement, je n'avais aucun droit de voir la lettre d'adieu de Madeline, mais moralement il était invraisemblable qu'on me cache la lettre qui faisait allusion à moi et à notre enfance commune. De nos jours, les jeunes ne respectent plus les volontés des parents ; ils s'arrogent le droit de décider pour tout individu de plus de soixante-cinq ans, comme si les personnes âgées étaient toutes incompétentes jusqu'à preuve du contraire. La sagesse compte pour rien.

— Tu ne pouvais pas rester tranquille... il fallait que t'ailles fouiner ! Hilda est actuellement ici, en train de prendre soin de Peggy. Et elle te cherche ! Tu ferais mieux de rentrer dans ta chambre et de poster un garde. C'est une harpie venue des Enfers qui en a après chaque cheveu de ta tête blanche, et je ne peux pas lui donner tort !

— C'est quoi, ces dossiers-là, Bobby ? demandai-je, le plus gentiment possible.

— Maman, tu vas dire au revoir à M. Stilmach et venir avec moi, on retourne dans ta chambre.

— Si j'accepte, tu me diras ce que ça contient ?

Il soupira.

— Oui, et maintenant mets-toi là..., dit-il en poussant le fauteuil vers moi.

— Bobby, je n'ai pas besoin de ça.

— Je sais.

Il serrait les dents, comme prêt à mordre sa maman souffrante.

— Mais si tu as encore des vertiges, les médecins vont redouter une nouvelle chute et que tu t'esquintes la cervelle sur le sol en marbre. Mets-toi là, m'man !

— Merci pour ce magnétophone, Bobby. C'est si gentil de m'avoir déniché ça.

Le passage revisité

Je découvris par la suite la raison de son mécontentement. Avoir à venir me chercher, c'était des heures supplémentaires pour lui. Il avait terminé son service et se disposait à rentrer chez nous, où il aurait la maison tout à lui, ce qui lui permettrait de l'enfumer et de se délecter d'un bon petit jeu vidéo ultraviolent, quand l'infirmière Howe l'avait appelé de l'unité psychiatrique pour lui parler du scandale Peggy Kruger. Bobby avait véhiculé une fraîche fournée d'accidentés de la route toute la nuit — une famille de quatre personnes rescapées d'un carambolage sur la I-495 à minuit et demie. L'infirmière Liz Hinton l'avait taquiné sur le fait qu'il avait peut-être fini ses heures comme garçon de salle, mais qu'il était encore de garde pour sa maman.

Je l'entendais grommeler par-dessus ma tête tout en me poussant devant le bureau des infirmières du service « Plein Soleil », où je saluai l'infirmière Brick Bannerman, qui paraissait singulièrement éreintée. J'appris plus tard que Brick et Liz étaient attendues en bas dans la salle des urgences, où tout le monde avait été convoqué pour recevoir un nouveau patient, une personnalité du monde du spectacle, Peter Rickman, illustre citoyen du Maine qui avait été renversé par un 4x4 en marchant sur la route 7 près de Warrington's Inn. Déjà — hasard ou destin ? — les acteurs principaux du drame qui s'apprêtait à se jouer convergeaient sur l'hôpital, telle de la limaille de fer animée par d'invisibles champs magnétiques.

Permettez-moi de souligner que j'étais aussi saine de corps que d'esprit. Hormis un petit vertige de temps en temps et des picotements au bras, j'étais dans une forme excellente depuis que je ne prenais plus de médicaments et me livrais à mes méditations quotidiennes.

Mis à part mon bras, tout était normal et c'était une journée ensoleillée ordinaire. Je fus peut-être un rien revêche avec Bobby, mais c'était de l'autodéfense. À l'en croire, c'était un crime que d'avoir contacté les Kruger, et j'ai peut-être cité quelques-uns de ses travers en approchant de l'ascenseur : son alimentation, son poids, sa balourdise congénitale — on avait le choix ! — défauts physiques, de caractère ou fruits de mauvaises habitudes qui rebutent la gent féminine et avec elle tous mes espoirs de jamais faire sauter un petit-fils sur mes pauvres genoux arthritiques.

Il gara mon fauteuil devant les ascenseurs, près du bureau des infirmières. Le signal sonore tinta au-dessus de la 3, la petite ampoule verte s'alluma et les portes s'écartèrent. Par habitude, Bobby poussait déjà le fauteuil en avant.

Il ne faisait pas attention, naturellement, et je l'entendis dire à l'infirmière Brick, (qui était derrière la console) qu'il me ramenait en neurologie.

J'entendis les autres crier pour l'avertir — de quoi, mystère, jusqu'au moment où mon regard plongea sur une cage d'ascenseur faite de béton nu, de parpaings maculés de suie et de poutrelles rouillées. Je connaissais cet endroit ! Je m'y étais déjà trouvée ! Mais là où aurait dû être le plancher de la cabine, un gouffre s'ouvrait sous mes pieds. C'était comme si l'enveloppe superficielle du monde matériel s'était déchirée, révélant des mystères surnaturels, terrifiants, insondables, sous la forme d'un puits s'enfonçant jusque dans les entrailles de la terre.

Je me sentis piquer en avant, prise de vertige, car je connaissais cet endroit. Je l'avais vu presque un an plus tôt, pendant ma mort provisoire ! Ma mort imminente ! Le 13 décembre 2002. Une nuit de pleine lune !

Incapable de détacher mes yeux de cet abîme, je continuai à m'y pencher. Je sentais le démon de la perversité dont parle Edgar Poe jouer sur le clavier de mes nerfs avec ses griffes chargées d'impulsions électriques qui toutes disaient : « Saute, Sally ! » *« Il n'est dans la Nature de passion aussi diaboliquement impatiente que celle de celui qui, frémissant au bord d'un précipice, médite de s'y jeter ! »*

J'étais en équilibre entre terreur et exaltation, fascinée par cette fosse infernale que j'avais visitée quelques mois plus tôt comme dans une hallucination fantastique. Cela recommençait : une vision hors du temps en plein jour. Je me voyais si bien sauter dans ce qui serait, semblait-il, une chute éternelle, que je me demandai si je n'avais pas déjà accompli ce plongeon téméraire. Je redoutais de relever les yeux, de peur d'être aspirée dans ce sombre passage, de voir cette redoutable sentinelle, d'entendre la voix de cette pauvre enfant pleurant depuis le royaume du désespoir perpétuel.

Avant que j'en aie le courage, Bobby tira sa maman en arrière.

Ascenseur 2, on descend

Je tremblais de la tête aux pieds et désirais ardemment mon calepin afin de noter en détail la révélation qui venait de se produire. Les docteurs pouvaient toujours me dire atteinte de quelque obscure déséquilibre neurochimique ou contusion cérébrale, démence sénile ou maladie d'Alzheimer, je *savais* à présent. Cette cage d'ascenseur était identique à celle où je m'étais trouvée presque un an plus tôt, durant mon voyage vers la mort — poutrelles et parpaings compris. Je voulais la revoir pour comparer point par point. Mais j'étais aussi saisie par le désir instinctif de retrouver la sécurité de la vie ordinaire, où tout est banal et prévisible. Ce pouvait être une coïncidence. Il fallait peut-être mettre cela au compte du gâtisme. Ce n'était qu'une cage d'ascenseur, rien de plus ; elles sont sans doute toutes construites sur le même modèle. Finalement, la délicieuse jubilation d'être confrontée à l'inconnu l'emporta.

J'avais à deux reprises basculé dans une sorte de point

nodal, un passage vers l'au-delà, ou du moins vers la frontière qui sépare cette vie de l'autre : ce que Swedenborg nomme le Premier État après la mort. Cette vision rechargeait le monde visible en énergie. Tout, depuis la peinture des murs jusqu'aux carreaux du sol, semblait vibrer.

À peine si j'entendis le brouhaha derrière moi, du côté du bureau des infirmières, où Bobby avait convoqué les techniciens de maintenance. Les portes n'étaient pas censées s'ouvrir, à l'évidence, quand les cabines étaient hors service. Ben, mon vieux, qu'est-ce qui avait bien pu se produire ? Comme les médecins, ils portaient des œillères, embourbés qu'ils étaient dans le monde de la plate logique.

Une fois que les autorités constituées eurent fait remettre tous ces assommants engins du monde sub-lunaire en marche, il fut temps pour Bobby de réessayer. Il me poussa vers l'ascenseur et appuya sur le bouton. On ne prendrait sûrement pas la 3 semblait être la consensuelle opinion. Poltrons ! Tandis que nous attendions, je l'entendais enrager et râler juste au-dessus de ma tête. Toujours irrité par l'affaire Peggy Kruger, toujours coincé ici, alors qu'il avait fini son service, à jongler pour faire face à des bourdes en cascade. Peu importait s'il avait failli larguer sa maman dans une cage d'ascenseur, depuis le dixième étage !

Repêchant mes lunettes de lecture dans ma robe de chambre, je les chaussai et dévissai ma vieille tête et mon cou arthritique pour regarder les étiquettes des dossiers. Tout semblait désigner la nuit où Madeline était morte et j'avais le pressentiment que ces dossiers étaient à tout le moins reliés à notre passé commun, mais je ne pouvais pas lire les étiquettes à cause de la façon dont Bobby les portait. Le signal sonore retentit, la petite lumière s'alluma au-dessus de la cabine 2 et j'attendis, prête à voir les portes s'ouvrir sur la moitié inférieure du *Jugement dernier* de Jérôme Bosch.

En fait, les portes s'écartèrent sur un banal intérieur d'ascenseur. Il était vide, nous laissant un moment d'intimité.

Fronçant les sourcils, Bobby chercha quelque chose dans la poche de sa chemise, et bougonna.

— Ah, m'man ! Je t'avais apporté une lettre de la maison. C'est de ta copine, l'infirmière de Boston.

— Claudia ?

— Tout juste. Mais je l'ai oubliée dans mon casier de vestiaire, en bas. Je te la donnerai après ma pause déjeuner.

— N'oublie pas. J'adore les lettres de Claudia. Son mari a trouvé du travail dans une entreprise d'informatique.

— Pas possible ?

— Si ! Je m'en réjouis pour elle. Eh bien... ? Ces dossiers me semblent passablement vieux...

— C'est le cas, maman. J'hésite encore à te les donner. Ils vous concernent, Madeline et toi, et si jamais tu mentionnes par des paroles, par écrit... si jamais tu *penses* à Madeline Kruger ou à ses papiers, maman, je te jure que...

— Bobby, je n'en ferai rien. Donne-moi donc ces dossiers. Qu'est-ce que c'est ?

Ding ! L'ascenseur s'immobilisa. Je relevai les yeux juste à temps pour m'apercevoir que, non seulement nous étions dans la cabine 2 — cette même cabine au panneau déplacé où, en montant, j'avais entendu se lamenter une enfant — mais qu'un *9* était allumé sur la bande des chiffres, ce qui signifiait qu'on était arrêtés au niveau de l'unité psychiatrique, où j'avais vu le Dr Rat et où...

Les portes s'ouvrirent sur une femme entre deux âges à l'aspect germanique, trapue sans être grosse, comme si son loisir préféré était l'haltérophilie — une walkyrie affublée de cornes, tout droit sortie d'une production de la *Tétralogie* de Wagner. Aussitôt, la ressemblance familiale me sauta aux yeux. Je ne pus par ailleurs m'empêcher de noter que Hilda Kruger n'avait pas l'air du tout dans son assiette, et semblait même sur le point d'exploser de fureur.

Elle avait un vieux classeur accordéon, ventru et cabossé, qui avait été agrafé, ficelé et rafistolé au fil des ans avec du ruban adhésif. Si je ne parvenais pas à déchiffrer les étiquettes, je pouvais facilement voir ce qui était écrit en majuscules noires sur la tranche : DOSSIERS DU DR GOTTREICH.

Le Dr Gottreich. Ce nom me frappa de stupeur, me paralysa, comme une piqûre anesthésiante administrée à la nuque, chassant toute pensée de mon cerveau. J'eus trop froid, trop chaud, la nausée monta à travers mes artères et mes nerfs jusqu'à ma tête, où une explosion de lumière me rendit sourde, aveugle, insensible à tout ce qui n'était pas ce nom-là : Gottreich.

Intérieurement, j'étais toujours en train de tâtonner le long de ce mur noir, dans les ténèbres, et à présent je comprenais qu'il ne me restait plus qu'à pousser — pousser une fois de plus cet obstacle — pour que le mur s'ouvre sur le Dr Gottreich.

Hilda était comme un boucher s'apprêtant à exercer ses talents sur de la chair humaine, pour changer. Elle me brandit son classeur à la figure.

— Tu les veux, ces papiers, sale fouine ?

Bobby s'interposa aussitôt et prit la situation en main, adoptant des façons et un ton que je ne lui connaissais pas.

— Il n'y a aucune raison de parler comme cela, madame Kruger.

Il s'était exprimé en vrai professionnel de la santé, poli mais ferme. *C'est moi le responsable, pas toi*, semblait-il dire. J'étais si fière de lui. Mon fils à moi !

Hilda lui répondit d'un ricanement et se remit à brandir ses papiers.

— Tous ceux qui lisent ça deviennent fous et font une tentative de suicide. Ça te dit ?

Elle jeta le classeur sur mes genoux.

— Prends-les, vieille bique ! J'espère qu'on te bouclera dans une chambre insonorisée en compagnie d'une lame de rasoir !

La haine éclatait sur son visage et elle s'apprêta à me flanquer une baffe à la volée.

Bobby réussit à lui saisir le poignet et commença à l'entraîner en arrière, lors de l'ascenseur et du côté du couloir, où je vis une infirmière et un technicien psychiatre suivre la scène à travers la vitre renforcée. Les deux chemises en carton que Bobby tenait sous son bras tombèrent et des feuillets s'en échappèrent pour se répandre, certains jusque dans la cabine d'ascenseur où ils atterrirent à mes pieds.

L'infirmière de garde décrocha son téléphone et appuya sur un chiffre. Bobby s'efforçait de calmer Hilda Kruger. J'étais ahurie, incapable de bouger. Sidérée, je contemplai le dossier : DR GOTTREICH.

Les portes de l'ascenseur commencèrent à se refermer. Bobby fit le geste de les retenir, mais là Hilda voulut encore me porter un coup et il eut besoin de ses deux mains pour l'en empêcher. Tous deux reculèrent en titubant, me laissant seule à l'intérieur.

Les portes se refermèrent.

L'ascenseur entama sa descente.

Le miroir livre le passé

Je considérai ces papiers épars. Le plus proche était jauni, enroulé sur lui-même et taché, mais toujours lisible. C'était un formulaire portant en tête la mention ADMISSION en lettres capitales. Dans l'angle, dans une encre qui avait sans doute jadis été rouge, mais était maintenant entre brun et rouille, un coup de tampon disait : NE PAS DÉTRUIRE. SUJET D'ÉTUDES. DR GOTTREICH.

Les mots prononcés par Bobby la veille me revinrent en mémoire : *Les dossiers médicaux sont conservés pendant sept ans... Ensuite, on les incinère, sauf s'ils entrent dans le cadre d'une étude.*

Mes yeux se brouillèrent de larmes tandis que je fixais ce nom de nouveau. Je dus ôter mes lunettes pour les essuyer.

Le formulaire en lui-même contenait les renseignements habituels relatifs à une admission.

Nom du patient : Druse, Eleanor S.

Sexe : féminin.

Date de naissance : 2/11/28

Date d'admission : 24/10/39

Diagnostic : *Bordetella pertussis*, Coqueluche

Médecin principal : E. Gottreich.

Traitement : Isolement. Cloisons de bois autour du lit. Humidité fraîche. Sirop ou tisane au trèfle rouge, expectorant. Bouillon de viande et de légumes pour prévenir tout risque de marasme.

Je vis d'autres feuillets, dispersés contre l'une des cloisons. Ceux-ci étaient au nom de Madeline Kruger. Eux aussi portaient le cachet NE PAS DÉTRUIRE. SUJET D'ÉTUDES. DR GOTTREICH couleur de sang séché.

Tout à coup, la cabine subit une secousse et s'immobilisa, faisant s'entrechoquer mes pauvres dents. Je me cramponnai au classeur accordéon, mais sentis son contenu m'échapper.

Une alarme sonna et s'interrompit, ne laissant que le silence. Les lumières vacillèrent ; puis, un ou deux néons bourdonnèrent et se remirent à fonctionner, baignant la cabine d'une lueur glauque.

La moitié des documents s'étaient répandus hors du classeur et se trouvait sur mes genoux. Vieilles coupures de presse tombant en poussière, articles de revues spécialisées, dont l'un intitulé : « Procédures psychochirurgicales pour améliorer les douleurs opiniâtres », par E. Gottreich. D'autres articles de la presse populaire, et même d'un journal national : « La psychochirurgie m'a guéri », où le nom du Dr Gottreich apparaissait dans un encadré et « Les prodiges de la psychochirurgie rendent la santé mentale à cinquante détenus. »

Une autre coupure portait en titre « Simple comme une extraction dentaire » et traitait des procédures que le Dr Gottreich et de nombreux autres neurologues et psychologues avaient popularisées. « Ni anesthésie générale ni champ stérile requis pour la psychochirurgie miracle. » Une photo en noir et blanc, un peu floue, représentait un docteur en blouse blanche, avec un miroir de tête braqué en l'air. Il était penché sur un patient bien lucide, entouré de médecins et d'infirmières en vêtements de ville, et tenait un instrument en acier muni d'un manche. « Le Dr Eb Gottreich, pionnier de la psychochirurgie. »

Mes mains tremblaient. Je dus appuyer mes coudes sur les accoudoirs du fauteuil pour les stabiliser tandis que je revenais soixante ans en arrière en regardant le Dr Ebenezer Gottreich dans les yeux.

La mort l'avait à peine changé, car il n'était autre que le Dr Rat et le même vieux sac d'os qui était venu chercher ses médicaments au bureau des infirmières. *Tu veux savoir ce que c'est, l'amour ?* Pourquoi l'avais-je oublié ? Pourquoi cette difficulté à le situer ?

Sur la photo de 1939 du *Daily Sun* de Lewiston, je reconnus l'ancien bâtiment de brique. Gottreich posait près de la première pierre, où l'on pouvait lire « Gottreich Hospital, 1870 ». C'était celui qui avait été réduit en cendres en 1939, à la date mentionnée par Madeline dans sa lettre, l'hôpital où nous avions été soignées pour la coqueluche en 1939. On l'appelait l'Old Kingdom seulement par référence à l'actuel qui s'élevait sur le même emplacement, mais à l'origine il portait celui de la famille de médecins qui l'avait bâti au XIXe siècle : les Gottreich.

La Botanique Trésor Vital. Sally Druse, pauvre vieille tourte, pourquoi ces mots ne cessent de te...

D'autres articles de journaux, avec ou sans photos de Gottreich, y compris des comptes-rendus du grand incendie de 1939. « L'Incendie fait deux Morts à l'hôpital. »

Les néons vacillèrent de nouveau dans la cabine bloquée. Puis, la voix de la fillette, plus forte que jamais. Distincte. On eût dit qu'elle se trouvait au-dessus de ma tête, en train de pleurer pour moi, d'essayer de m'atteindre à travers l'espace et le temps avec ses lamentations pathétiques et inarticulées, comme si elle avait oublié les mots et était obligée de m'implorer par ses seules intonations : *Pourquoi faut-il donc que je souffre horriblement, moi, une innocente enfant ?*

Cette voix était-elle en moi, ou hors de moi ?

La réponse était là, juste sur mes genoux. Le magnétophone que Bobby m'avait procuré. Je tremblais si fort que c'était une épreuve que de manipuler cette chose, mais j'avais mes lunettes et il y avait un gros bouton rouge marqué RECORD.

Comme j'appuyais dessus, la petite lumière rouge s'alluma et les bobines tournèrent.

Mon regard se dirigea vers la fente au plafond, car on aurait vraiment dit qu'elle était là, juste au-dessus de moi, dans la cage d'ascenseur. Une autre part de moi-même savait que cette voix n'était pas soumise aux contraintes de temps ou d'espace ; ou pire, que je l'entendais dans la partie du cerveau qui s'éclaire sur les scans des schizophrènes quand ils entendent la parole de Dieu.

La cassette répondrait à cette question. Si la pitoyable voix était réelle... ma peau se couvrit de chair de poule. Elle avait l'air réelle, distinctement humaine, et pourtant pas de ce monde, comme la nuit où Madeline était morte.

Ce qui amena la question inévitable : si cette voix n'était pas de ce monde, alors par quel organe des sens la captais-je ? Je réprimai un soupir et me figeai, frappée par la considération suivante : et si je n'étais capable de saisir la sinistre voix de cet esprit, cette incantation surnaturelle, que parce que... j'étais moi-même passée dans l'au-delà ? Et si ce qu'on disait était vrai : que la mort n'est que le côté de la vie qui s'est détourné de nous, et qu'après avoir pris congé, pendant un bref moment, l'âme volette entre les deux royaumes ?

Et si, au lieu d'une simple crise d'épilepsie, une expérience de sortie du corps — et si, cette fois-là, j'avais passé l'arme à gauche ? Au contraire, si j'étais seulement coincée pour la seconde fois dans un ascenseur, alors pourquoi Otto ne me contactait-il pas par l'interphone ?

Les yeux dans le vague, j'écoutais la voix de cette enfant

qui me remplissait de terreur et d'une impression de solitude. Et si, au lieu de simplement chanceler au bord de cette cage d'ascenseur et de revivre mon expérience de mort imminente, j'avais fait le grand saut ? Peut-être cette cabine accueillante et familière était-elle l'hallucination d'une morte se raccrochant encore à la vie ? Swedenborg prétend que la crainte de la mort est si grande et la psyché humaine si puissante que, pendant un certain temps après la mort, l'âme du défunt projette une image illusoire de son ancien cadre de vie et des gens qu'il fréquentait.

D'autres affirment que le mort ne comprend sa condition qu'après avoir regardé dans un miroir et constaté qu'il n'a plus de reflet.

Je retins mon souffle et sentis un contact glacial au bout de mes extrémités. Le duvet sur ma peau formait cent mille antennes hérissées, toutes vibrantes des appels au secours de l'enfant.

Avais-je aperçu mon reflet dans le miroir de l'ascenseur, quand Bobby m'avait fait monter dans la cabine ? J'étais face au tableau de commande, bien entendu. Oserais-je me retourner, regarder dans l'une des glaces murales et apprendre quel était mon sort ?

Je tournai la tête à droite et jetai un regard vague au miroir, m'attendant à moitié à ne voir que le reflet du miroir de gauche et rien d'autre. Voilà comment tout s'achève, un long labyrinthe de couloirs et pas de Sally Druse au milieu, un point d'interrogation écrasé entre deux néants. En fait, j'étais bien là. Jamais je n'avais été aussi soulagée de me voir, avec mes verrues et le reste — boucles jaunâtres ou argent, mains tavelées (je les tins en l'air), la peau flétrie de ma figure, les taches de vieillesse, grains de beauté velus… Es-tu devenue une sorcière, Sally Druse ?

Puis, derrière mon portrait béat, dans les recoins de ce qui aurait dû n'être que les reflets du lambris et de l'acier brossé, une ombre passa, et dans son sillage — c'était comme si une main invisible retirait un voile diaphane — je crus voir une version plus obscure et paradoxalement plus vibrante de la même cabine d'ascenseur, comme si le demi-jour fluorescent au sein du miroir tombait sur un espace plus luxueux, richement pourvu en couleurs plus extravagantes que les classiques bruns et beige m'environnant.

Derrière ma vénérable image, j'entendis l'enfant sangloter de nouveau à mi-distance. Je fouillai les profondeurs du miroir tout d'abord, car les pleurs semblaient localisés dans cet espace-là.

Ces profondeurs semblaient plus obscures et bien plus palpables que la cabine elle-même, et les ombres semblaient s'agiter à sa périphérie, où je vis des langues de feu — une torche ? Un couloir avec une silhouette encapuchonnée tenant une bougie ? Lorsque je me retournai pour avoir confirmation de mon impression, je fus soudain incapable de repérer ces pleurs dans l'espace, car ils semblaient provenir de tous les côtés à la fois.

Puis, je vis une fillette s'approcher, émergeant des ombres épaisses dans les profondeurs du miroir. Elle était vêtue d'une blouse en coton fendue dans le dos, comme on en portait naguère dans l'ancien hôpital. Elle était pâle et maigre, avait l'air très lasse et décharnée, mais je l'identifiai aussitôt : c'était Maddy Kruger à huit ans — trois de moins que moi. Son vêtement pendait sur elle comme un sac en toile de jute sur un épouvantail.

Puis je regardai mes petites mains blanches et osseuses, et sentis mes jambes anguleuses glisser à l'intérieur de ma propre blouse. Moi aussi, j'étais une petite chose squelettique. Nous étions nourries de bouillon et de tisane au trèfle rouge, parce qu'on ne pouvait rien avaler de solide. Les quintes de toux nous faisaient vomir.

— Maddy !

J'avais oublié combien nous avions été malades. La fièvre et la toux. Pourquoi avais-je oublié cela ? Pourquoi avais-je oublié ce séjour ? Et pourquoi la mémoire me revenait-elle à présent aussi facilement ? L'ancien hôpital était là, de l'autre côté de la vitre où Maddy se tenait. Nous avions la coqueluche.

On entendit pleurer la fillette, là-haut, et on leva les yeux pour tenter de la voir. Nous étions dans un vieil ascenseur lambrissé de bois et manœuvré manuellement, le genre avec grille de protection, barre en cuivre et petit homme en livrée, qui, assis sur son tabouret de cuir rouge, demande où vous allez et annonce à quel étage la cabine s'est arrêtée.

La petite fille était perdue, coincée quelque part dans cette cage d'ascenseur. Elle avait besoin d'aide.

— Comment elle s'appelle ? dis-je. Tu as trouvé son nom ? Je ne crois pas qu'elle nous répondra tant qu'on ne le saura pas.

On devait lui avoir fait du mal. Si grande était sa peur qu'elle ne savait plus s'exprimer par des mots, seulement par des plaintes et des sanglots. Nous avons essayé de la héler, mais elle ne nous a pas parlé, ni dit où et comment la rejoindre. Sa peur devait la paralyser. Maddy déclara qu'il fallait attendre qu'elle nous connaisse mieux et nous fasse confiance. Alors, peut-être nous dirait-elle comment l'aider. Mais pour l'instant, c'était trop tôt. Pour l'instant, elle était trop meurtrie et effrayée pour agir.

Une clochette tinta. Un tintement distant, issu de ces ténèbres.

— Allons, Sally, dit Maddy. On doit aller voir le Dr Gottreich.

— Non ! Je veux pas !

Maddy pleurait, elle aussi. Les cernes autour de ses yeux caves étaient mouillés de larmes.

— Moi non plus, je n'ai pas envie, dit-elle. Mais il le faut ! C'est lui, le docteur. Tu dois le voir maintenant. Tu dois te souvenir de lui maintenant, pour pouvoir l'oublier de nouveau. Tu te rappelles ce qu'il t'a fait ?

— Non. Non, je ne veux pas me souvenir...

Maddy prit ma main ; ses doigts étaient squelettiques.

— C'est trop tard, Sally. Tu dois le voir. Tu dois te souvenir de lui pour pouvoir l'oublier de nouveau.

Je toussai et tordis ma blouse pour en faire un gros nœud. Maddy se mit à tousser, elle aussi.

Nous soutenant mutuellement, nous suivîmes l'infirmière dans le sous-sol du Gottreich Hospital. C'était bien l'ancien bâtiment, mais on aurait dit qu'il avait été scellé comme une tombe et préservé ainsi, et que nous étions les premières à y pénétrer après toutes ces années. Des toiles d'araignées humides et un siècle de crasse adhéraient aux murs de pierres suintants, qui étaient festonnés de lichens, de vert-de-gris, et de moisissures. Des langues de mousse pendaient à des portes sorties de leurs gonds.

Enfin, nous atteignîmes une lourde porte en bois signalée par cet écriteau décrépit : CHAMBRE DES DOULEURS. C'était le surnom de la pièce. Les docteurs l'appelaient ainsi, car à l'intérieur le Dr Gottreich conduisait d'importantes expériences sur les façons de stopper la douleur.

— Nous y sommes, Sally, dit l'infirmière. On viendra te chercher tout à l'heure, Maddy et moi.

La Chambre des Douleurs.

On se disait toujours la même chose en arrivant ici, Maddy et moi. On lisait la pancarte, avec ce mot : *douleur* ; et l'une de nous disait : « T'en fais pas, c'est juste le surnom de la pièce où ils étudient pourquoi certaines choses font mal, et comment l'empêcher. »

Je me souvenais qu'un jour où nous étions en train de marcher dans le couloir, la lumière s'était éteinte. Il faisait noir comme dans un four, car c'était le sous-sol et on avait dû se frayer un chemin en tâtonnant le long du mur, cherchant une issue, avant de tomber enfin sur la porte de la Chambre des Douleurs.

Nous l'avions poussée alors, et j'avais vu clair, car le Dr Gottreich nous attendait et il avait allumé une bougie.

LA CHAMBRE DES DOULEURS

Le Dr Gottreich avait un sourire composé de dents grises. Il portait un miroir sur la tête et un pyjama vert, parfois une coiffe en tissu. Il était vieux. Plus vieux que nos grands-papas. L'hôpital, le Gottreich Hospital, portait le nom de son papa, qui menait lui aussi d'importantes recherches sur la douleur. Le Dr Gottreich était presque entièrement chauve, mais très jeune d'esprit — regard pétillant, contact facile, amabilité, en particulier vis-à-vis de nos parents. Dès qu'ils étaient partis, il se comportait comme aucun autre adulte de notre connaissance.

À nous, les enfants, il s'adressait comme à des égaux. Il se moquait des gens de son âge, y compris parfois de nos parents, et disait des choses qu'on pensait mais n'aurait jamais osé dire, ou avouer, à de grandes personnes, et encore moins à un docteur ou à un pasteur.

— Mais c'est ma petite Sally Druse ! Comment vas-tu ?

La Chambre des Douleurs sentait toujours le camphre, le chloroforme et une suave odeur d'essences aromatiques — comme des fruits gâtés mélangés à du diluant à peinture — qui semblait imprégner ses habits, les draps et le linge. Il faisait humide et froid, car nous étions sous terre et les murs étaient en pierre.

Contre celui du fond, il y avait des béchers avec des flammes au-dessous, des fioles, des rouleaux de tuyaux, des brûleurs et des récipients en verre contenant des prélèvements.

Près de la porte d'entrée, un grand casier vitré renfermait un gros tuyau en toile enroulé sur lui-même, à côté d'une hache en acier reluisant et au manche rouge.

En lettres rouges et noires, sur la vitre, on pouvait lire : EN CAS D'INCENDIE, BRISER LA GLACE.

Le Dr Gottreich tapota le coussin de la table d'examen.

— Allez, monte... Hop-là !

Il m'aida à m'installer et dénoua ma blouse qui se fermait dans le dos pour écouter mes poumons à l'aide de son stéthoscope. C'était froid comme la truffe d'un chien. Les infirmières se réchauffaient d'abord les mains, mais pas le Dr Gottreich.

— Respire à fond. Bien...

Sa voix n'était qu'un ronron amical.

Tandis qu'il écoutait ma respiration, je regardai les posters au mur juste derrière lui : diagrammes médicaux, dessins de crânes ouverts avec des parties du cerveau étiquetées, squelettes avec le nom de tous les os, globes oculaires exposés avec les noms de tous les constituants, orbites vides avec des lignes et des flèches allant à l'intérieur du crâne suivant divers angles.

— Et cette toux, Sally ? me demanda-t-il d'une voix douce.

— Des fois, ça fait mal…

— Tu prends bien ton infusion de trèfle rouge ?

— Oui.

— Parfait. C'est ce qu'on appelle un expectorant. Ça aide à chasser la vilaine chose qui te fait cracher tes poumons. Tu as été bien sage ?

— Oui, dis-je, mais après un temps d'hésitation et d'une voix défaillante, car une nuit, Maddy et moi étions restées éveillées après l'extinction des feux et on nous avait surprises à jouer au-delà des cloisons en bois cernant nos lits qui devaient nous isoler des autres enfants et les empêcher d'attraper la coqueluche. L'infirmière de nuit avait été fâchée — si fâchée qu'elle l'avait peut-être dit au Dr Gottreich ou indiqué sur notre fiche.

Levant la main, il alluma un grand scialytique au plafond. Cet éclairage était en acier et ses volumineuses ampoules en verre abritaient de gros fils rougeoyants à vous faire dresser les cheveux sur la tête. Puis, il ouvrit une sacoche noire à fermoirs métalliques et fouilla à l'intérieur.

— Ta maman m'a dit que tu es parfois une vilaine fille.

Son ton raillait ma mère de façon équivoque, comme s'il ne pouvait me tenir rigueur de me montrer vilaine, lui-même ayant gardé de clairs et tendres souvenirs des moments où il avait été un vilain garçon.

— Elle me semble un peu stricte, à vrai dire. Je lui ai dit que t'amuser un peu plus et un petit bonbon de temps en temps, ça ne te ferait pas de mal...

— Oh ! Merci...

Ses instruments cliquetaient à l'intérieur de la sacoche noire pendant qu'il les remuait, cherchant celui qu'il désirait. Il trouva un abaisse-langue et le sortit.

— Ta maman dit qu'il t'arrive de piquer des crises, ajouta-t-il avec un gloussement. Tu as du mal à te dominer ?

— Elle a dit ça ?

— On n'est pas toujours sages, n'est-ce pas ? ajouta-t-il, mais avec le sourire.

Il alluma une lumière vive près de mon crâne, orienta vers le bas son miroir de tête et colla son œil à l'oculaire. J'apercevais mon propre reflet gauchi dans le métal poli tandis qu'il manipulait la source lumineuse. Le réflecteur faisait comme un saladier dont son œil occupait le centre, comme s'il avait été un Cyclope à tête métallique. La lumière crue se reflétait dans cette concavité miroitante. Gênée, je clignai des yeux.

— Fais *ahh*, dit-il, et il m'examina très attentivement de son œil de fouine.

J'ouvris la bouche et fis : « Ahh » mais cela déclencha en moi une interminable quinte de toux.

— Mets ça sur ta bouche, dit-il en me tendant un linge.

Je pris ce linge, mais ne l'utilisai pas car il portait des traces de sang.

— Allons !

J'obéis.

Quand j'eus repris mon souffle, je dis : « Il y a du sang là-dessus. »

— En effet.

Il tourna réflecteur et lumière de nouveau vers le fond de ma gorge. Je cessai de respirer, de crainte de me remettre à tousser, et me contentai de fixer patiemment son œil.

Sa voix abandonna son chaleureux ronronnement pour se faire inquisitrice, pareille à l'un de ses instruments.

— Je vois quelque chose qui me déplaît...

Orientant son miroir vers le haut, il me jeta un regard dur de ses deux yeux noirs. Je notai que derrière lui, au mur, se trouvait le dessin en couleur d'un crâne ayant à peu près les dimensions du sien, avec une main gantée tenant un instrument qui ressemblait à une grosse aiguille à tricoter pénétrant dans l'os au-dessus de l'œil. Je ne pouvais pas lire toutes les étiquettes et dénominations sur l'affiche, mais il y avait un titre en haut, en grosses lettres noires. Les lumières se reflétaient sur le papier glacé juste à cet endroit, rendant l'inscription difficile à lire : LA BOTANIQUE TRÉSOR VITAL ?

Étrange formule. Où était le trésor ? Et quel rapport avec les plantes ? Je tâchai de tourner autrement la tête, de façon à ne plus être gênée par les reflets.

C'est alors que le Dr Gottreich me boucha la vue. Je m'efforçai de ne pas penser au fait que sa tête avait tout d'une tête de mort, car j'avais peur qu'il rabatte de nouveau son miroir et puisse lire dans mes pensées avec son œil de Cyclope.

— Qu'est-ce que vous voyez ? dis-je. Quoi ? Je suis malade ?

Remettant son miroir devant son globe oculaire, il m'étudia avec soin.

— Non, pas malade. Juste vilaine, quelquefois… comme ta maman a dit.

J'avais peur, car avec cette chose contre mon visage et son œil me sondant à travers le petit trou, j'avais un peu l'impression que sa voix sortait d'un œil doué de parole.

J'essayai de me rappeler quand j'avais été vilaine. Cela avait dû être grave, pour que ma mère n'ait pas le courage de m'en parler et aille directement voir le docteur afin de lui demander conseil.

Bien entendu, je croyais le Dr Gottreich. Un méchant homme pouvait ne pas dire la vérité, mentir à un enfant pour quelque raison inimaginable. Mais un docteur ? Dans ma vision enfantine de la vie, les médecins occupaient un rang intermédiaire entre mes parents, Elsa et Papa Ours, et les anges et les saints. Les docteurs étaient là-haut, avec les prêtres et les pasteurs ; leur profession était un sacerdoce qui les dotait de pouvoirs spéciaux et, comme les prêtres, ils étaient toujours bons et doux avec les enfants.

Ma mère m'avait avertie qu'il existait des hommes malfaisants qui pourraient me demander de les toucher, ou voudraient me toucher. Elle était si sévère, froide et terrible quand elle en parlait que j'avais le sentiment d'avoir déjà commis une faute. Si jamais quelqu'un faisait une tentative de ce genre, je devais dire non, m'en éloigner au plus vite, car Satan était en lui. « Le Malin lui-même est moins hideux quand il se présente à visage découvert que lorsqu'il s'incarne dans un homme », disait-elle. Seuls mes parents et le docteur pouvaient toucher mes parties intimes.

Il y avait sans doute bien d'autres règles de conduite qui ne s'appliquaient pas aux docteurs. Eux seuls pouvaient faire et dire certaines choses, car ils connaissaient tous les secrets de l'âme et du corps humains. Ils prêtaient le serment d'Hippocrate. Seuls les prêtres et les docteurs pouvaient me parler comme le Dr Gottreich.

Qu'est-ce que j'ai fait ? Qu'est-ce que maman me reproche ?

J'avais peur de demander. Et s'il nommait quelque terrible action oubliée de moi dans la lumière crue de cette salle d'examen ? Quelque chose que j'aurais fait en me croyant seule, mais que maman aurait vu ? Ou pire, et s'il murmurait un secret répugnant tiré de mes cauchemars ou rêves éveillés, quelque chose de si abominable que je l'aurais effacé de ma mémoire ? Et si le Dr Gottreich connaissait quelque vilain fantasme à moitié formé, un haut fait chimérique que j'avais envisagé d'accomplir, imaginé dans tous ses détails en y prenant un plaisir extrême, même si rien n'avait eu lieu en réalité ? S'il le nommait, je le reconnaîtrais. Oh, oui ! Il me faudrait confesser que cette mauvaise pensée était mienne, si elle portait partout les marques de mon esprit vicieux, si elle avait été produite par mon imagination de vilaine petite fille au moment où j'aurais dû faire mes devoirs.

Et si l'un de ses instruments ou son intuition professionnelle lui permettaient de lire dans mon imagination ? D'allumer une lumière au-dedans, tout comme il pouvait éclairer le fond de ma gorge ?

— Tu ne parleras pas à ta mère de ceci..., dit-il.

De quoi ? Il n'avait pas nommé mon forfait, n'avait pas dit ce qu'il voyait de si fâcheux en moi. Je ne lui posai pas la question, car j'avais peur. Peut-être qu'il ne disait rien, parce qu'il n'était même pas convenable d'en parler et qu'il valait mieux se taire ?

— Elle est déjà bien assez contrariée... Si tu as de vilaines pensées, tu dois m'en parler. N'en parle pas à tes camarades. Tu ne dois pas leur parler, ni jouer avec eux, car tu es contagieuse. Ne dis rien à ton amie... comment s'appelle-t-elle ?

— Madeline ?

— Ne lui dis rien non plus. C'est une fauteuse de troubles. Tu ne voudrais pas lui ressembler...

— Pourquoi ? Qu'est-ce que j'ai...

J'étais sur le point de pleurer. Il avait l'air soudain si grave et froid.

Puis, il vit que j'étais bouleversée et sa voix reprit son ronron apaisant. Il me tapota la tête.

— Ce n'est pas grave d'être dissipée, de temps en temps. Nul n'est parfait. Dieu a créé le Bien et le Mal, et nous a fait capables de choisir entre les deux. C'est ce qu'on appelle le « libre arbitre ». S'Il avait voulu qu'on fasse le bien tout le temps, Il ne nous aurait pas laissé le choix. Mais en réalité, chaque jour est un combat. Et chaque jour, Dieu nous laisse choisir : vais-je être bonne ou mauvaise, aujourd'hui ? (Nouveau ricanement.) Ou l'un et l'autre ? Pour varier un peu ?

— Je ne veux pas être mauvaise, dis-je. Jamais.

— Je sais, mais tu as parfois de mauvaises pensées, n'est-ce pas ?

— Oui, dis-je, ne voyant pas l'intérêt de mentir.

— Dieu aurait pu rendre tout le monde bon, y compris toi et moi. Et le monde aurait pu être uniquement composé de braves gens et de bonnes choses...

— Pourquoi ne l'a-t-Il pas fait ?

— Eh bien, je crois qu'Il savait que ce serait assez ennuyeux ! Si tout le monde était bon à longueur de journée et qu'il ne se passait que de bonnes choses partout, on s'en lasserait. Ça peut être si ennuyeux, de faire le Bien. Il suffit d'obéir. Pas d'imagination. Pas de créativité. Dieu a voulu que la vie soit... *intéressante*. Toi et moi, par exemple. On est intéressant et surprenant parce que parfois on fait des choses bonnes, et parfois...

Il me sourit et s'humecta les lèvres d'une drôle de façon.

— Parfois on imagine que d'horribles choses arrivent à des gens qu'on n'aime pas, et même parfois à ton papa et ta maman. Non ?

Possible. Je n'en étais pas sûre. Il devait avoir raison.

— Ces vilaines pensées sont normales. Tu ne dois pas t'inquiéter. Mais ta maman connaît tes mauvaises pensées et s'en inquiète. Donc, je lui dirai que nous avons parlé, qu'elle n'a pas à se tracasser. Et tu n'as qu'à me parler de tes autres mauvaises pensées et on s'en occupera. S'il le faut, on peut même s'en débarrasser pour de bon. Tu voudrais ?

Sa tête était de nouveau tout près du crâne en couleur, celui avec la grosse aiguille pénétrant dans l'orbite creuse. Une fois de plus, je tentai de déchiffrer les lettres noires en haut. LA BOTANIQUE TRÉSOR VITAL. Pendant une seconde, je me demandai ce qui arriverait si la grosse aiguille pénétrait dans sa méchante orbite à lui, à la place.

C'était sans doute le genre de mauvaises pensées dont il parlait. J'avais volé, oui, et fait des choses défendues. J'avais volé et lu un livre dans lequel un méchant assassine une vieille dame au moyen d'une hache. Ma mère m'avait défendu de le lire, mais je l'avais fait quand même. D'abord, je m'étais mise à la place de la victime découpée en morceaux, et ça m'avait terrorisée. Mais c'était bizarrement excitant, parce que ce n'était pas pour de vrai. Je n'étais pas vraiment découpée en morceaux, c'était pour du beurre. Puis, je m'étais mise à la place de l'assassin, et dans l'histoire la vieille dame était dure et avare. Le genre de vieille dame dont les jours étaient comptés, de toute façon. Le genre de vieille dame qui était si dure que personne ne la regrettait. Le genre de vieille dame qui avait mérité son sort.

Maman avait-elle trouvé ce livre ? Était-ce pour cela qu'elle se faisait du souci ? Étaient-ce les idées qui les inquiétaient, le docteur et elle ? Il y a sans doute des personnes qui ne s'imagineraient même pas faisant le mal, parce qu'elles sont bonnes, évidemment. Elles jetteraient ce livre avec dégoût au bout de deux phrases. Peut-être étais-je différente.

Peut-être fallait-il intervenir avant que ma vicieuse imagination s'emballe sous l'influence de ces lectures, avant que mes vilaines pensées deviennent de vilaines actions, avant que je ne me transforme en assassin sanguinaire.

— Je ne veux pas que ton père soit au courant...

— Non ! Ne dites rien à Papa Ours !

— Tout ce qui se passera entre nous restera notre secret. On ne dira rien à tes parents de tes mauvaises pensées. On va seulement s'arranger pour les faire disparaître. Qu'en dis-tu ?

— Oui... C'est possible ?

— Oui, mon enfant. C'est possible.

— Avec un comprimé ? Un remède ?

— Très simplement. En quelques minutes.

— Ça fait mal ?

— Un peu, mais ça ne dure pas. C'est étrange, la douleur, n'est-ce pas ? Quand c'est fini, on oublie aussitôt... Si on souffre seulement une seconde ou deux, ce n'est pas si grave, hein ?

— Je ne sais pas. Si ça fait mal, c'est pas bien.

— Et parfois, quand la douleur disparaît, c'est comme un nouveau genre de plaisir, non ? Une fois que la douleur est partie, on se sent tout heureux, même si avant cela on s'ennuyait. Tu comprends ?

Pas vraiment. Je commençai à descendre de la table, comme si je pouvais décider ainsi de la fin de la séance.

— Oh ! Oh ! Où allez-vous, mademoiselle ?

Il me fit me rasseoir.

— Autre chose curieuse au sujet de la douleur... Suppose qu'il t'arrive quelque chose de vraiment pénible, mais que tu ne te souviennes de rien par la suite... Dans ce cas, ce serait comme si ça n'était jamais arrivé...

— Si on a mal, on s'en souvient !

— Pas forcément. Il y a des médicaments, des inhalants, qui font oublier. Et ensuite... ? Eh bien, c'est comme si ça ne s'était jamais produit...

— Je ne voudrais pas que ça m'arrive, même si je ne m'en souviens pas.

— Et si toi et moi, on pouvait résoudre le problème de la douleur ? Réfléchis. Et si on découvrait ensemble la cause de la douleur et comment l'éliminer ? Songe à tous ces malades qui en bénéficieraient...

Je m'efforçai de penser à aider les autres, alors que je ne voulais que m'en aller.

— Il faut provoquer la douleur afin de l'étudier, mais si nous avions de quoi faire oublier aux gens les souffrances endurées au cours de l'expérience ? Ça ne serait pas une belle chose ?

Je voulus redescendre encore de mon perchoir, mais il m'en empêcha.

— Allonge-toi. Je vais chasser pour toujours ces mauvaises pensées.

— Je veux pas ! Je vais avoir mal !

Il me tourna le dos et s'affaira devant la table. J'entendis cliqueter ses instruments. Je le vis également prendre un flacon brun et un autre linge. Il y répandit un produit qui exhalait une forte et suave odeur d'essences aromatiques.

— C'est sans douleur, dit-il. L'extraction d'une dent est plus douloureuse que celle des mauvaises pensées. Même cette toute petite douleur, je te promets que tu l'oublieras.

Je le vis prendre une chose longue et pointue munie d'un drôle de manche à l'extrémité. Voyant mon regard, il la cacha au creux de sa grande main osseuse, la posa devant lui et la recouvrit d'un linge vert pâle.

Je revis le dessin du crâne vide au mur avec la grosse aiguille pénétrant dans l'os au-dessus de l'œil. Ce n'était pas une aiguille à tricoter. À présent que le miroir de tête ne m'aveuglait plus, je pouvais mieux distinguer le dessin. La grosse aiguille à tricoter ressemblait à un pic à glace et c'était justement ce que je venais d'apercevoir dans sa main.

Sa voix ronronnait de nouveau. La douce et suave voix qu'il employait pour s'adresser à mes parents.

— Allonge-toi, Sally.

Je ne voulais pas le faire, mais il me prit la nuque et m'allongea de force.

De nouveau, je regardai le dessin du crâne, la main gantée, le pic à glace. Ma tête sur la table, je voyais l'affiche sous un nouvel angle ; il n'y avait plus de reflets sur les grosses lettres noires. Je pouvais les lire à présent, mais la signification m'échappait : LOBOTOMIE TRANSORBITALE.

Je me mis à pleurer et tousser, et c'est alors que je m'aperçus que quelqu'un d'autre pleurait dans la Chambre des Douleurs avec moi. Une autre fillette. Au début, je crus que c'était Maddy Kruger, mais non. La fillette était blanche comme un squelette et sa vieille blouse crasseuse pendait sur elle comme une loque. Elle avait une clochette au cou, au bout d'un ruban de soie, et la faisait sonner. À travers elle, je voyais les béchers qui étaient sur le feu, juste derrière elle. Elle n'était qu'à moitié là et pleurait encore plus fort que moi. Ses yeux étaient cernés comme ceux de Madeline. Elle serrait sur son cœur une poupée et sanglotait.

Je ne crois pas que le Dr Gottreich la voyait. Il était occupé à disposer les instruments utiles à son projet.

Je revis l'instrument pointu. Il ressemblait plutôt à un outil, pas à un instrument de médecin. Que faisait un pic à glace dans une sacoche de docteur ?

— Je veux plus qu'on chasse mes vilaines pensées. Je veux retourner dans mon lit...

— Détestes-tu ta maman ? me demanda-t-il, les yeux froids et noirs. La détestes-tu ? Lui veux-tu du mal ? Est-ce pour cela que tu ne veux pas qu'on chasse tes mauvaises pensées à tout jamais ?

— Non ! m'écriai-je. Je ne déteste pas ma maman. Je l'aime !

— Tu l'aimes ? (Il eut un rire âpre.) Tu veux savoir ce que c'est, l'amour ?

Je me mis à pleurer sans pouvoir m'arrêter. Il versa un peu plus de liquide dans son chiffon. Suave odeur aromatique.

— Mets ça sur ta bouche, dit-il en me tendant ce linge. Mets ça sur ta bouche.

Et il pressa ce chiffon sur mon nez et ma bouche.

Ça sentait la térébenthine, et cette simple inhalation m'abrutit. Je fermai les yeux pour ne plus voir tournoyer la pièce. Je le sentis soulever ma paupière gauche. Je le vis tenir cet instrument, le tenir juste comme la main gantée sur le dessin au mur. Le dirigeant sur moi. Je sentis une pression au-dessus de mon œil gauche, une tape. Un coup. Une explosion rouge au-dedans de ma tête. Je le repoussai. L'odeur douceâtre me donnait le vertige.

La fillette à la cloche se mit à hurler et ses larmes jaillirent pour ruisseler, noires comme de l'encre ou du sang empoisonné. Elle pleurait si fort que les vibrations s'en ressentaient au niveau de la table d'examen. Le dur matelas se mit à vibrer et rebondir. Puis, je vis murs et placards trembler, tandis que flacons, bocaux et instruments tombaient des étagères pour éclater en mille morceaux.

Un tremblement de terre.

La fillette marcha vers la porte en me faisant signe de la suivre. Elle pleurait toujours, et il semblait réellement que ses cris se réverbéraient dans les fondations de ce bâtiment, provoquant ces secousses sismiques.

De nouveau, elle me fit signe. Vite !

Je sautai à terre, me faufilai sous le bras du Dr Gottreich et courus à la porte. Lorsque je regardai derrière moi, toute la pièce était secouée et des lézardes apparaissaient sous nos pieds, dans le sol en ciment.

— Attends ! dit le Dr Gottreich. Tu vas remonter tout de suite sur cette table, jeune fille !

Il chancela dans notre direction, tenant toujours cette chose pointue.

Contre le mur du fond, je vis le gaz gicler sous les béchers bouillants et le matériel de laboratoire. Le tuyau raccordé au brûleur se rompit et la flamme se fit plus vive, tandis que le caoutchouc se boursouflait, sifflait et coulait par-dessus le rebord de la table. Les flammes se répandirent le long du tuyau et du plateau de la table pour atteindre une caisse d'objets en verre qui aussitôt s'embrasèrent.

Je m'apprêtais à courir, quand je vis le réceptacle en verre et la lance d'incendie. EN CAS D'INCENDIE, BRISER LA GLACE.

Je m'emparai de la hache rouge. Je la balançai par-dessus mon épaule afin de fracasser la vitre. EN CAS D'INCENDIE... C'est alors qu'une patte d'oiseau de proie m'agrippa et me fit pivoter sur moi-même, durement.

C'était Gottreich. Sa face ricanante était déformée par la fureur. Il allait m'accuser d'être la cause de ce feu.

Le pic à glace était dans sa main, tout dégouttant de sang. Mon sang ! Il prit fermement appui sur un pied pour m'asséner un coup violent, mais à cet instant la fillette fit tinter sa clochette. Elle se tenait à ma gauche et il y avait avec elle un monstre, une créature telle je n'en avais jamais vue de ma vie — chacal, fourmilier géant ? — mais qui se tenait sur deux jambes comme un homme. Ses yeux semblaient humains, mais ses dents brillaient, pareilles à des rasoirs. C'était un être hideux et d'aspect redoutable, mais il se conduisait comme un animal domestique.

Gottreich ne devait pas les voir, mais je sais qu'il entendit la clochette, car il était presque sur moi quand soudain il regarda dans leur direction.

Dommage pour lui.

Je vis ses phalanges blanchies serrer le manche du pic à glace sanglant ; à cause de ce qu'il m'avait fait respirer, j'avais la tête lourde et les jambes en coton. Gottreich se tourna de nouveau vers moi, mais une seconde trop tard. Sans réfléchir, je balançai la hache de toutes mes forces. Demandez donc aux garçons membres de la Ligue de Baseball de Lewiston si Sally Druse a du swing quand il le faut ! Je le visai à la tempe, car je ne voulais pas que ce pic à glace se retrouve encore dans mon orbite. Je vis la lame de la hache se refléter dans son miroir de tête, et fermai les yeux pour ne pas voir l'impact. À la place, je l'entendis — c'était le bruit produit par une pastèque lâchée par ma maman sur les carreaux de la cuisine.

Lorsque je les rouvris, la vieille ganache était à terre, et le feu se propageait le long du plateau de la table, des caisses, du linge et des monceaux de papiers qui se consumaient à mesure que le feu rampait auprès d'eux tel un être vivant.

Le monstre se pencha sur ses jambes poilues pour flairer le trou au crâne de Gottreich, comme un chien apprécie une viande avariée.

Ayant essuyé mon œil gauche, je constatai que mes doigts étaient tachés de sang. Je contemplai ce crâne défoncé.

— C'est étrange, la douleur, n'est-ce pas ? Quand c'est fini, on oublie aussitôt. Si on souffre seulement une seconde ou deux, ce n'est pas si grave, n'est-ce pas, docteur Gottreich ?

Le flacon de liquide brun dont il avait imbibé son chiffon s'était renversé, et son contenu formait au sol une flaque de forme allongée qui avait presque atteint le feu.

Je cherchai la petite fille du regard. Elle agitait toujours sa clochette. Plus fort. Debout à la porte, elle me fit signe de la suivre. Vite !

Je courus jusqu'à la porte et sortis dans le couloir.

Boum ! Un éclair, et la lourde porte en bois s'ouvrit à la volée et éclata.

Une explosion. Je partis en courant, cherchant l'escalier.

La petite n'était plus là. Je ne la voyais plus, mais j'entendais sa clochette. Toujours devant moi, me guidant dans le corridor et l'escalier qui montait au rez-de-chaussée.

Une vieille infirmière en uniforme gris, coiffe et bas de nylon blancs, descendait justement à la buanderie. Elle me vit arriver en courant.

Elle entendit la clochette aussi. Sentit la fumée.

— Au feu ! s'écria-t-elle.

Ressuscitée

Carillons. Bips électroniques. Parasites.

Une voix de femme.

— C'est le rythme sinus normal ? demanda-t-elle.

— *I got rhythm*, chantonna un homme, et je reconnus

cette voix ; c'était l'ami de Bobby, Danny Odmark, le sympathique ambulancier de Castleview Rescue.

— *I got music*, dit une autre voix.

C'était Ollie, son coéquipier !

Que faisaient ces deux idiots penchés sur moi dans l'ascenseur ?

Assurément, ils faisaient les imbéciles. Un tas de gens étaient massés là, à me regarder. J'avais dû glisser de mon fauteuil roulant pour m'étaler par terre, les yeux au plafond.

— Il y a eu un incendie, dis-je. J'ai crié : « Au feu », n'est-ce pas ?

Un beau jeune homme en blouse blanche se pencha sur moi et écouta mes poumons avec son stéthoscope. Le Dr Hook. Il ne s'était jamais occupé personnellement de moi et c'était donc la première fois que je le voyais de près. Quel beau gosse ! À en croire la rumeur, lui et un autre médecin, Christine Draper, étaient amoureux l'un de l'autre.

— Le Premier Amendement ne vous donne pas le droit de crier « Au feu ! » dans un ascenseur bondé, dit-il.

Tout le monde trouva ça drôle, et je dois avouer que moi aussi, même si je n'avais pas encore recouvré tout à fait mes esprits.

— Que s'est-il passé ? Si je puis me permettre...

— Une nouvelle secousse, madame Druse, déclara Danny. Pas méchante, mais assez pour mettre en panne les ascenseurs. Quand ils sont repartis, on allait sur le toit, Ollie et moi, pour voir l'orage approcher, quand on vous a trouvée. AGA.

Je regardai Ollie.

— Attaque de Gravité Aiguë.

— Vous respirez et on sent votre pouls, madame Druse, ajouta Danny. Donc vous n'avez plus besoin de nous.

— Vous avez dû encore PNP...

— Piquer du Nez dans le Potage ?

— Exact ! dit Danny. Vous allez bientôt pouvoir passer l'examen d'ambulancier !

Je leur souris. Quels braves garçons !

Les néons brillaient au-dessus de leurs têtes. Quelqu'un avait dû les réparer.

Équipement médical, emballages stériles et moniteurs étaient éparpillés autour de moi — prêts à servir, mais heureusement ça n'avait pas été nécessaire. Il y avait des signaux sonores, sans doute émis par ces machines, mais j'entendais aussi une clochette — ou son écho.

Un masque recouvrit mon nez et ma bouche, et de l'air, ou de l'oxygène, je suppose, jaillit vers mon visage en produisant un mugissement. On aurait dit le tonnerre... ou un incendie.

— Tout va bien se passer, madame Druse, dit le Dr Hook.

Danny s'empressa d'aller au pied du brancard où j'avais été allongée, et Ollie se mit à la tête. Puis, je les entendis compter : « Mississippi un, Mississippi 2, Mississippi 3 ! » et je fus soulevée pour être extraite de l'ascenseur.

— Attendez ! Mes papiers ! Mes dossiers !

— Je les ai, m'man...

— Bobby ! C'est toi ?

Il était juste sur le palier, attendant de voir si sa chère vieille m'man était tirée d'affaire.

— J'ai tous les papiers, dit-il avec lassitude.

— Bravo, mon garçon ! Et le magnétophone ? Où est-il ?

— Je l'ai aussi, m'man. Il est là.

— Je suis si fière de toi. Je t'aime, Bobby.

— Moi aussi, je t'aime. Tu avais collé le magnéto à ton oreille, m'man. Tu cherchais à écouter quelque chose ?

— Je ne me souviens pas, Bobby. Je suis désolée. Garde bien ces papiers pour moi.

— Je les mettrai dans mon casier, m'man. Ils y seront en sûreté.

Dieu m'avait donné le meilleur des fils, le réconfort de mes vieux jours, mon bâton de vieillesse.

POST-PNP

Je n'avais qu'un désir : retourner dans ma chambre pour examiner les papiers que Hilda Kruger m'avait jetés dans l'ascenseur. Je voulais connaître tout ce qui concernait l'abominable Dr Gottreich et l'incendie, voir si je pouvais deviner ce qu'il avait fait à cette pauvre Madeline — Dieu ait son âme. Depuis que la mémoire de ces événements innommables m'était revenue, il était clair que la brute n'avait pas réussi à sectionner les fibres blanches reliant mon lobe frontal gauche au reste du cerveau, n'infligeant qu'une petite cicatrice que le scanner de Boston avait détectée. Pour Madeline, cela avait pu être bien pis. Je n'avais aucun moyen de le savoir, sauf si elle avait laissé des écrits relatifs à cette brutale procédure et son expérience de cobaye entre les griffes de cet homme diabolique. Pire encore, il apparaissait qu'ici, au Kingdom

Hospital, la zone-frontière entre la vie et la mort était hantée non seulement par l'âme errante d'une anonyme innocente, mais par le Malin en personne. Le Dr Rat pouvait frapper à tout instant. Je mis à mon cou mon cristal druse ainsi que mon crucifix, afin de me protéger. Je l'avais tué une fois (et marqué dans sa chair pour l'éternité, à voir cette cicatrice blafarde ornant la partie gauche de son crâne spectral), et si nécessaire je recommencerais en usant de n'importe quelle arme, naturelle ou surnaturelle, à ma portée.

Madeline savait que j'avais refoulé ce souvenir. « Dieu a donné à Sally une mémoire plus clémente que la mienne. Je ne troublerai pas sa paix avec des souvenirs cruels. »

Dieu la bénisse. Visiblement, elle avait eu l'intention de quitter ce monde sans me perturber avec ces souvenirs. Elle avait essayé de les emporter dans la tombe mais avait échoué. Lorsqu'elle s'était réveillée dans cet hôpital bâti sur le site où le Malin nous avait approchées, où elle avait reçu les blessures qui « continuaient à suppurer »... que s'était-il passé ? Elle devait avoir vu la fillette avant que le monstre fasse son œuvre avec le pic à glace. Oui, et voilà pourquoi elle m'avait adressé ce message en catastrophe : « La petite fille est revenue dans le repaire des vivants. Elle a besoin de nous. » Jusque-là, elle avait dû croire que l'enfant avait péri dans l'incendie : « L'incendie ne l'a pas tuée. » Mais la fillette que j'avais vue dans la Chambre des Douleurs était une créature immatérielle, une présence, et non un être de chair et de sang. Comment un spectre pourrait-il mourir dans les flammes ? Mais peut-être Madeline ignorait-elle qu'il s'agissait d'un fantôme ? Peut-être l'avait-elle seulement entendue pleurer, au lieu de la voir comme moi.

Et il y avait eu un tremblement de terre la nuit où Madeline était morte ! Peut-être que les sanglots de l'enfant avaient provoqué une nouvelle secousse en cette nuit de pleine lune de l'année 2002 ? Peut-être essayait-elle de sauver quelqu'un d'autre avec...

La cloche ! L'article du *Sun Journal* : « Une sonorisation d'ascenseur défaillante produit un bruit de cloche à l'hôpital. »

Peut-être la petite fille avait-elle tenté de sauver Madeline ? Ou quelqu'un d'autre ? Je songeai à tous les dysfonctionnements qui s'étaient produits cette nuit-là. Et la petite cardiaque, qui était morte à cause du cardio-pédiatre ? Egas. L'amateur de cocaïne. Le journal avait publié une photo d'elle — et de lui ! Theresa Bradley. La petite fantôme avait-elle essayé de sauver Theresa ? Était-ce la souffrance des innocents qui l'empêchait de reposer en paix ? *Pourquoi faut-il que je souffre horriblement, moi, une innocente enfant ?* Tels étaient les mots que j'avais cru entendre à travers ces lamentations. S'agissait-il de la souffrance des innocents entre les murs du Kingdom Hospital, de la sienne, ou de tous les enfants souffrant au nom de la recherche médicale ou du progrès scientifique ? Était-ce cela qui inspirait sa terreur et sa confusion, qui l'avait fait se perdre entre la vie et la mort, et la ramenait dans le repaire des vivants chaque fois qu'une tragédie s'y produisait ?

Toutes ces questions devaient attendre. Pourquoi ? Parce que la science médicale nous possède corps et âme et tient notre pauvre temps effrayé en son formidable pouvoir. Je n'avais pas de temps pour mes recherches, car des armées de blouses blanches voulaient connaître mon taux d'hémoglobine, mes niveaux de créatine, la pression partielle d'oxygène dans mon sang et mon pH. Pour commencer, une batterie de tests de béotiens dut être conduite pour déterminer ce qui m'était arrivé dans l'ascenseur 2. À la moindre objection, on m'avait fait comprendre que je serais renvoyée chez moi sans tambour ni trompette.

Pas de séjour aux soins intensifs cette fois, mais le Dr Massingale m'ausculta à fond, fit prélever et analyser mes précieux fluides. Elle m'envoya au service d'imagerie médicale flambant neuf où un technicien m'enfourna dans un autre gros sèche-cheveux pour me scanner.

Les fabricants de ces engins savent que les êtres humains qui redoutent un diagnostic fatal vont être coincés là pendant vingt minutes, dans l'attente de voir leur destin révélé. Pourquoi donc ne pas inscrire quelque chose d'inspirant ou de réconfortant à l'intérieur, au lieu de : NUMÉRO DE SÉRIE 4D617279204A656E73656E ?

Ensuite, les techniciens vinrent mettre des électrodes et une sorte de pâte sur ma vieille caboche pour un nouvel électroencéphalogramme. Tests crâniens. Pas un, ni deux — trois. Par trois médecins différents.

Enfin, je pus retourner dans ma chambre, pour y découvrir que le Dr Massingale m'y attendait avec impatience. Elle paraissait moins amicale et plutôt contrariée. Elle déclara qu'il faudrait plusieurs jours pour associer et digérer tous ces résultats, mais une fois la totalité des données en main, elle se proposait de faire « la synthèse de mon cas ». De toute évidence, elle était convaincue que j'avais eu une nouvelle crise d'épilepsie, ce qui, selon sa manière de voir, s'était produit parce que j'avais cessé de prendre mes médicaments. Dès qu'elle eut établi cela, elle fit tomber le couperet, disant que si je ne voulais plus coopérer, on allait me renvoyer chez moi.

Juste au moment où je pensais que ce ne serait pas si mal, elle mentionna également en passant que Hilda Kruger avait veillé à ce qu'on supprime ma carte de travailleuse bénévole. Je ne serais plus persona grata à l'hôpital, ni admise au service « Plein Soleil » ou ailleurs, sinon comme patiente, et je n'aurais pas le droit d'aller voir quelqu'un sans l'autorisation explicite du patient et de son médecin traitant.

Je ne pensais qu'aux mots de Madeline sur le message qu'elle m'avait adressé cette nuit-là. Sans doute les derniers qu'elle avait écrits de sa vie : « La petite fille qui nous a sauvées est toujours perdue. Elle a besoin de nous. Viens me voir. »

J'étais dans de beaux draps ! Afin de poursuivre mon enquête sur la « présence sentie » de cette pauvre enfant (dont l'existence était aussi réelle pour moi que le sol sous mes pieds) j'allais devoir jouer la malade et feindre des crises pour contenter ces médecins matérialistes. Sinon, ces estimés docteurs du Kingdom Hospital allaient me signer un billet de sortie et je ne pourrais jamais aider cette pauvre petite à trouver le repos.

Le Dr Massingale, femme pourtant d'une infinie patience, avait apparemment épuisé ses réserves de tolérance quant à ma désinvolture vis-à-vis de mon traitement.

— Si vous ne voulez pas vous soigner, à quoi bon vous garder ici ?

Il me faudrait tâcher de contacter l'esprit de cet enfant avant que ne parviennent à mon médecin traitant les résultats des tests. J'étais persuadée que ces derniers prouveraient une fois pour toutes que mon cerveau était en parfait état de marche, ce qui me vaudrait d'être renvoyée chez moi avec défense de revenir à titre de visiteuse sans une autorisation explicite. Une catastrophe, et pas seulement pour l'esprit tourmenté de cette enfant. À mon âge, j'ai d'ordinaire au moins un ami proche qui se meurt, et je voulais pouvoir être auprès d'eux, en particulier de mon cher Lenny. On n'allait quand même pas m'empêcher de le voir !

J'avais un millier de questions sur Madeline, le feu, le diabolique Gottreich, la présence de la fillette, la créature qui semblait être son animal de compagnie, mais j'avais mal partout, des élancements aux articulations, et retourner sur les lieux où le Malin nous avait abordées avait épuisé mes vieux os et mes vieux neurones.

Ma tête vide n'aspirait qu'à une chose : la fin de cette journée, le retour de notre mère-la-nuit et notre frère-sommeil.

Bobby

Le matin m'apporta un répit. J'étais débarrassée des vampires de laboratoire, des techniciens médicaux et de ces indiscrets rayons de scanners — mais pour combien de temps ? Bientôt, quelque jeune médecin ambitieux (avec des rejetons à nourrir et un prêt d'études à rembourser) s'aviserait qu'on ne m'avait soumise à aucune procédure facturable, après quoi d'autres tests seraient ordonnés.

Je fis venir Bobby, car je désirais revoir les documents que Hilda Kruger m'avait jetés à la tête, et découvrir si, à tout hasard, sa balade à la bibliothèque de ma fac avait été fructueuse.

Il arriva aussitôt après sa garde de nuit, dans son habituel état d'agitation fébrile due au manque de sommeil, à l'abus de sucre et de nicotine.

Ayant pris un siège, il se frotta la tête de la main droite. Puis, la gauche s'y mit, et là je me fis du souci.

— M'man, c'est la fin.

— Ne dis pas cela, Bobby.

— Ne dis pas quoi ?

— Tu ne vas pas t'enfuir encore de la maison, j'espère ?

— M'man, cette plaisanterie a assez duré. Même les médecins le disent !

— Quelle plaisanterie ?

Je m'efforçais d'avoir l'air innocente, mais il ne marchait pas. Bien au contraire, il me jeta le regard le plus dur que je lui ai vu depuis... euh, depuis le jour où j'ai brûlé toutes les revues de charme que j'avais trouvées sous son lit.

— Le monde est rempli de merveilles, Bobby. Ne le gâchons pas par nos chamailleries.

— Il ne s'agit pas de « chamailleries », m'man. Il faut que

ça cesse. Je bosse ici et ton comportement représente une menace pour mon emploi.

— Quelle bêtise ! Bobby, je...

— Pour mon emploi comme pour ta santé. Les médecins m'ont demandé de jeter tous ces papiers afin que tu cesses de te monter la tête au sujet de Madeline Kruger, de l'incendie, des voix dans l'ascenseur et tutti quanti. (Il me lança un regard peureux.) C'est ce que j'ai fait. Je m'en suis débarrassé.

Il ferma les yeux et recommença à se frictionner la tête à deux mains.

— Bobby, tu n'as pas jeté ces documents, n'est-ce pas ?

— Tu avais raison à propos de ces vieux dossiers, m'man. Ils étaient stockés sous terre dans des salles protégées du feu, même dans l'ancien hôpital. Certains ont échappé aux flammes, et les papiers relatifs aux recherches ont de toute évidence été conservés. Les Gottreich ont apparemment connu une certaine célébrité pour des recherches sur la douleur, qui n'ont pas dû aboutir, en définitive. Mais les dossiers ont été conservés.

— Oui, Bobby, ils ont été conservés. Tu n'as pas répondu à ma question.

Il fuyait mon regard.

— Maman, j'ai rapporté les dossiers aux archives et rendu les autres papiers à Hilda Kruger. J'ai dit aux médecins que c'était mon intention, et ils ont dit que c'était sans doute préférable, étant donné ton comportement.

Toujours ce regard fuyant.

— Bobby ?

Là, juste un petit coup d'œil en coulisse, furtif, avant une nouvelle friction.

— Je vois ce que c'est.

— Ah ?

— Oui.

— Et tu n'es pas fâchée ?

Cette perspective le réjouit, mais pas pour longtemps.

— Je ne suis pas fâchée, parce que ces documents sont toujours dans ton casier et qu'il s'agissait d'un test pour voir comment je réagirais si tu les avais réellement rendus à Hilda Kruger. La réponse est *très mal*, Bobby. Et maintenant, rends-moi ces dossiers ! Exécution !

Il râla si fort que cela fit trembler mon petit crachoir sur la table de nuit. S'il avait disposé d'une troisième main, il s'en serait servi aussi pour se frictionner.

Pour finir, il se leva péniblement et s'en alla à pas traînants récupérer les papiers.

— Et la cassette, Bobby. Il me faut la cassette que j'ai enregistrée !

— Il n'y a rien dessus, maman. Je l'ai déjà écoutée.

— J'en ai besoin. Pas étonnant si *toi*, tu n'as rien entendu. J'ai deviné depuis longtemps que la fréquence sur laquelle la fillette s'exprime n'est pas perceptible au commun des mortels. Dans le cas contraire, tous les gens empruntant l'ascenseur auraient rapporté ce phénomène à Otto.

— Oui, m'man...

La présence sentie

Le Dr Massingale me rendait la vie difficile. Certes, il était exclu de lui parler de la petite fantôme, de Madeline Kruger, de la Chambre des Douleurs. Nul doute qu'elle aurait été ravie d'entendre évoquer la vision d'un fourmilier géant reniflant le cerveau d'un médecin sadique, mais je n'étais pas naïve au point de lui fournir ce genre de munitions contre moi. C'était une femme sympathique, mais également un représentant de l'orthodoxie médicale. À cette phase de ma vie, ils venaient en formation serrée autour de moi, chercher du haut de leur science les preuves de ma débâcle mentale, ce qui — si elle pouvait être prouvée avec un certain degré de certitude médicale — leur donnerait ce qu'ils recherchaient réellement : le contrôle de mon état de santé.

Même si j'avais pu gagner sa confiance, j'aurais été incapable de la convaincre que j'avais voyagé dans le monde intermédiaire entre la vie et la mort. Il eût été plus facile de décrire un concerto de Mozart à un sourd de naissance. Au lieu de quoi, je lui racontai seulement ce qui — je l'espérais — me vaudrait de nouveaux tests dont les résultats serviraient ma cause.

Elle voulait déjà à tout prix ordonner tous ceux qui pourraient montrer que j'avais subi une nouvelle crise d'épilepsie. (Notons que même Stegman et ses copains de Boston n'avaient pu apporter la preuve de ces crises ; ils avaient simplement interprété des électroencéphalogrammes qui semblaient suggérer leur existence.)

D'abord et avant tout, Lona Massingale était une scientifique, et pour la reconquérir j'allais devoir jouer sur son terrain — la science — et aborder systématiquement le phénomène de cette voix sous cet angle. Pour ce faire, il me fallait d'autres tests.

Des scanographies de schizophrènes montrent que les hallucinations auditives sont « entendues » ou enregistrées dans d'autres régions du cerveau que les voix réelles. Si on avait pu me scanner tandis que je prenais l'ascenseur ! Si j'avais pu commander aux techniciens de prendre ma matière grise en photo pendant que cette voix me parvenait, on aurait su alors si elle était réelle ou imaginaire...

Oui, et si mon oncle était une femme, alors ce serait ma tante.

J'étais assez sensée pour comprendre que cette voix soulevait une série de questions, dont certaines pouvaient être soumises au Dr Massingale, tandis que je devrais garder les autres pour moi. Par exemple, il se pouvait que j'entende cette voix directement dans quelque région extralucide de mon cerveau parce que la petite avait un accès direct à mon circuit neuronal. Peut-être que, lorsque je l'entendais, j'utilisais la partie du cerveau qui est activée chez les mystiques ayant une vision. Oui. Et alors ? La science médicale ne serait pas sensible à cet argument et je passerais pour une folle ayant des hallucinations, même si on pouvait les visualiser par scanner.

Comment convaincre le Dr Massingale qu'il ne s'agissait pas d'une hallucination auditive ? Un être prosaïque demanderait : Est-ce que j'entends réellement une voix, ou est-ce autre chose ? J'avais donc besoin de tests pour écarter l'hypothèse d'un acouphène. S'ils étaient négatifs, alors ce serait une preuve *relative* que les pleurs angoissés que j'avais perçus si distinctement dans l'ascenseur 2 et la nuit où Madeline était morte, n'étaient pas de simples bourdonnements d'oreille.

Ensuite, il faudrait soumettre ma cassette à des professionnels. Si le Dr Massingale daignait envisager la possibilité que mes « épisodes » fussent plus que de simples crises d'épilepsie, alors la question demeurait : la voix était-elle un « véritable » phénomène acoustique ? Se pouvait-il qu'un esprit troublé et apeuré, piégé entre la vie et la mort, parvienne à produire des sons ? Peut-être ces pleurs étaient-ils des bruits réels, mais inaudibles à l'oreille humaine. Seuls des audiologistes et des techniciens du son pourraient répondre à ces questions, et le Dr Massingale était bien placée pour me prescrire ces tests, à commencer par un examen de l'ouïe.

Je dois reconnaître qu'elle joua le jeu et ordonna aussi les tests que je souhaitais, sans doute parce qu'ils étaient couverts par mon assurance. Elle accepta également d'aborder sous l'angle scientifique le phénomène de la voix. La cassette fut envoyée à un technicien du son et moi chez une otologiste, la Dr Marcia Limen, qui m'installa dans une cabine insonorisée avec des écouteurs et me fit entendre des fréquences pendant une demi-heure environ.

Bien entendu, je brûlais de connaître les résultats, mais la Dr Limen, glaciale, m'informa que je les recevrais de mon médecin traitant, la Dr Massingale, vraisemblablement au cours de l'imminente « synthèse du cas Sally Druse ».

La botanique trésor vital

Je retournai dans ma chambre pour attendre le verdict du complexe médico-industriel et de ses tests prolixes. Qui réglait la note, d'ailleurs ? Les étudiants de la fac ? Les contribuables ? Les compagnies d'assurance ? Qui payait pour l'insatiable passion avec laquelle ces scientifiques testaient chaque molécule de mon corps et y traquaient la moindre trace d'activité épileptique ?

C'est une devinette qui trouvera, j'imagine, sa réponse bien après ma mort. Dans mon testament, je donnerai à Bobby la consigne formelle de ne rien payer. S'il le faut, qu'il quitte la ville...

En attendant, je profitai de cette fin de journée pour rattraper mon travail en retard. Bobby avait laissé le classeur sur ma table de chevet. En fouillant, je tombai sur les articles de journaux qui avaient atterri sur mes genoux, dans l'ascenseur.

« L'Incendie fait deux morts » disait le gros-titre du *Daily Sun* du 3 novembre 1939. Le sinistre, qui s'était déclaré le 2 novembre, jour des Morts, avait été causé par une explosion dans un laboratoire au sous-sol. Le célèbre Dr Ebenezer

Gottreich, qui portait le nom de son oncle, le patron de la filature s'élevant sur ce même site durant la Guerre de Sécession, avait péri dans le brasier, de même qu'un de ses sujets d'études, Paul Morlock, délinquant juvénile âgé de quinze ans. Le jeune homme avait été confié au Dr Gottreich pour « conduite violente antisociale ». Il avait apparemment été traité par privation sensorielle dans l'espoir d'atténuer ses pulsions agressives, et au moment de l'incendie il était plongé dans un réservoir salin dans une pièce attenante au laboratoire où travaillait le Dr Gottreich. Ni l'un ni l'autre n'avaient pu s'échapper.

Tous les autres patients et le personnel étaient parvenus à évacuer les lieux bien avant que le feu devienne incontrôlable, car ils avaient été alertés par une cloche sonnant le tocsin et les pleurs d'un enfant.

L'article et les récits ultérieurs dans les autres coupures recueillies par Madeline précisaient que c'était le second incendie sur ce site. Le 2 novembre 1869 — il y avait soixante-dix ans, jour pour jour, la filature de l'oncle du Dr Gottreich avait été ravagée par les flammes.

Deux incendies ! Ça, c'était du nouveau ! Nous savions tous depuis notre enfance que l'ancien Kingdom Hospital avait brûlé, mais je ne savais pratiquement rien de la filature. Un encadré racontait comment cette fabrique avait employé deux cents ouvriers du textile à fabriquer des uniformes pour l'armée yankee pendant la Guerre de Sécession. Lors de l'incendie de 1869, la plupart des ouvriers adultes étaient sortis à temps. Mais les enfants — pour la plupart, des immigrés irlandais — qui faisaient en temps de paix des journées de douze heures, travaillaient au sous-sol, où ils surveillaient les cuves de teinture et de blanchiment. La plupart ne furent pas sauvés.

Il y avait là de quoi alimenter ma réflexion, et je repêchai le message que Madeline avait écrit pour moi la nuit où elle était morte à l'hôpital.

CHÈRE SALLY : LA PETITE FILLE QUI NOUS A SAUVÉES EST TOUJOURS PERDUE. ELLE EST RETOURNÉE DANS LE REPAIRE DES VIVANTS. L'INCENDIE NE L'A PAS TUÉE. ELLE A BESOIN DE NOUS. VIENS ME VOIR.

Ce qui posait une nouvelle question : *lequel* des deux incendies ne l'avait pas tuée ?

De plus, Madeline avait gardé des articles fort déplaisants sur Gottreich et son sensationnel perfectionnement de l'opération qui avait failli me priver de ma personnalité à l'âge de onze ans. Gottreich était l'ardent disciple du tristement célèbre Dr Walter Freeman, avocat passionné de la lobotomie, qui commença à l'expérimenter sur des cadavres en 1935 et par la suite mit au point l'élégante technique appelée : « lobotomie transorbitale ». En 1948, le Dr Freeman opérait les enfants, professionnels, vedettes de cinéma, entre autres la belle et talentueuse Frances Farmer, un militant d'extrême gauche, et des centaines d'autres. En 1955, plus de 40 000 hommes, femmes et enfants étaient passés par la « psychochirurgie », nom le plus souvent employé dans la presse populaire pour désigner la lobotomie.

Depuis la deuxième moitié du XIXe siècle, les médecins s'étaient penchés sur la possibilité de disjoindre ou détruire les lobes frontaux des malades mentaux au comportement agité . Le père de Gottreich, Klaus, avait également mené des expériences sur des prisonniers, enfants et aliénés, en recourant à une technique encore primitive appelée « leucotomie ».

Pour les premières lobotomies, on pratiquait d'abord un trou dans le crâne du patient, par lequel étaient introduits dans le cerveau des instruments ou des fils métalliques qui parfois se rompaient et causaient des infections ou plus que l'ablation désirée. Finalement, Freeman et ses disciples (parmi lesquels Gottreich) trouvèrent un outil plus robuste (un pic à glace) et un ingénieux passage pour pénétrer dans le cerveau (la plaque orbitale du crâne, juste au-dessus du globe oculaire). L'opération fut pratiquée à travers tous les États-Unis dans les années 40 et 50, souvent par des psychiatres et psychologues sans aucune formation de chirurgien. Le procédé était salué comme : « simple, économique et miraculeux ». Pour remédier au seul effet secondaire apparent (un œil au beurre noir), on faisait porter au patient des lunettes de soleil pendant la semaine suivant l'intervention.

L'histoire problématique de cette opération et de ses conséquences finit par déshonorer le nom des Gottreich. Cette lignée de médecins, louée pour avoir été pionnière dans le domaine de la psychochirurgie, était tombée en disgrâce avec le procédé dont elle s'était fait la championne. Rien d'étonnant si les habitants de Lewiston avaient cessé d'appeler l'ancien hôpital le « Gottreich Hospital », préférant dire l'Old Kingdom.

Nul ne voulait se rappeler ce qui s'était passé dans l'abominable Chambre des Douleurs.

— Ne t'en fais pas, Sally. Ce n'est qu'un nom.

La grande synthèse

Il est rare que la vie nous présente exclusivement de bonnes nouvelles, surtout quand les messagers sont des médecins ou des avocats.

D'abord, les bonnes : selon les résultats de mon analyse gaz sang, je respirais sans problème. Selon mon électrocardiogramme et mon examen sanguin, je n'avais pas eu de crise cardiaque. La grande question était, naturellement : avais-je subi une nouvelle crise d'épilepsie ? Nul ne prit la peine de m'interroger, mais l'électroencéphalogramme étendu ne révéla pas la moindre activité épileptique. Le Dr Massingale se hâta de souligner que je pouvais tout de même avoir subi une crise de cette nature dans l'ascenseur, sans que le plus récent électroencéphalogramme ne détecte une activité épileptique ou les signes d'une activité épileptique passée. Cela ne prouvait pas de façon concluante que je n'étais pas épileptique, mais tendait à l'indiquer...

Plus important, le dommage au lobe temporal, si évident lors de mon séjour à Boston et cause probable de ces crises, s'était complètement résorbé. Les scans étaient normaux, ce qui cadrait avec ce que le Dr Massingale attendait, car le genre de contusion et d'hémorragie que j'avais endurée au lobe temporal droit devait cicatriser dans un délai de six à douze semaines.

La lésion plus ancienne au lobe frontal gauche n'était plus visible non plus. Le Dr Massingale avait une explication plutôt embarrassée à ce propos, faisant intervenir les différents angles et résolutions des appareils, à quoi j'opposai un regard glacé. En bref : aucune pathologie visible sur les scans.

Quant à mon ouïe, le Dr Massingale fit de gros efforts pour moi. J'assurai avoir entendu un enfant pleurer dans l'ascenseur numéro 2. Peu m'importait si le son proprement dit provenait d'une présence sentie, d'une voix du passé, de moi-même, de mon moi divisé, d'un ange ou d'un démon. Je n'avais pas besoin d'entrer dans ces considérations avec un médecin. Je m'efforçai juste de la convaincre que j'avais *entendu quelque chose*, et j'avais bien l'intention de le prouver.

L'otologiste, le Dr Limen, rapporta que j'avais une légère déperdition auditive due à l'âge et un acouphène qui m'avait déjà enquiquinée par le passé.

Je tentai de leur dire que ce que j'avais entendu dans l'ascenseur n'était pas un acouphène, à quoi le Dr Limen rétorqua que les « sons » entendus par des acouphéniques variaient énormément, non seulement d'un patient à l'autre mais aussi chez le même patient, selon les époques. Ce que j'avais perçu comme des bourdonnements ou sifflements d'oreille autrefois pouvait maintenant, en 2003, se manifester comme des voix.

Tout aussi décevante fut la cassette : rien dessus, à part les bruits classiques d'une cage d'ascenseur : ronronnements, bruits de câbles, freins, échos. Je suppliai le Dr Massingale de franchir une étape supplémentaire : acceptait-elle de confier cette cassette à un expert de plus, éventuellement d'une autre discipline ? Elle se laissa fléchir et déclara qu'elle s'adresserait à un autre spécialiste en psychoacoustique, même si les résultats n'avaient jusqu'à présent rien donné.

Puis, le Dr Massingale et moi-même nous affrontâmes autour d'une table de conférence, tels des joueurs de poker. Elle n'avait pas de crise épileptique dans son jeu, et moi je n'avais pas de preuves que j'avais bien entendu des voix dans l'ascenseur. Alors ? Je savais que le Dr Massingale avait fait des études de psychologie et s'était même adonnée à l'analyse freudienne ; je sentais que nous allions passer à ce que l'odieux Stegman nommait : « l'inorganique et l'intangible » — ou encore, comme aurait dit Bobby, à la question de savoir si j'étais fêlée.

Pour cette délicate série d'insinuations, la doctoresse fut plus que charmante. Avais-je envisagé que cette voix pouvait être le fruit de mon « imagination merveilleusement fertile » ? Reconnaissons qu'elle proposa aussi quelques astucieuses variations autour de l'hypothèse que « j'entendais des choses ».

— Et si..., se demanda-t-elle tout haut, cette voix était issue de votre subconscient ou d'un état de rêve, ou d'une section de votre cerveau qui n'est pas normalement accessible à la conscience diurne... Un souvenir refoulé, peut-être ?

Elle s'efforça de présenter cela comme un phénomène psychologique attrayant, plutôt que comme le symptôme de ce qu'elle redoutait : les prémices d'une démence sénile.

Le mot *refoulé* attira mon attention, à cause de Gottreich. Je devais à tout le moins envisager que cette voix mystérieuse fût la mienne : la voix de Sally Druse à onze ans, soignée par le Dr Gottreich dans la Chambre des Douleurs en ce jour de 1939 où s'était déclaré l'incendie, un souvenir trop horrible pour subsister dans ma conscience, celui longtemps refoulé et spontanément ressuscité de ma propre angoisse.

En ma qualité de spirite et spécialiste de ces matières, j'avais une autre hypothèse, ésotérique mais intrigante : et si mon moi temporel — prisonnier de l'espace-temps et toujours pourvu de mes cinq sens terrestres — était entré en contact avec mon âme immortelle ? Si je lui avais soufflé cela, elle aurait sans doute appelé les techniciens de l'encéphalogramme pour voir si j'étais en train de faire une nouvelle crise d'épilepsie. Le cerveau matérialiste répugne au concept d'un moi divisé entre un « ici » et un « au-delà », mais si, comme nous l'enseignent les philosophes, l'éternité est le présent, ou du moins l'*inclut*, alors il n'y a ni « avant » ni « après ». Je ne possède qu'une seule âme immortelle, capable d'emprunter deux modes ou canaux d'existence. Si la mort et l'existence désincarnée après la mort ne sont que des aspects ou « facettes » de la vie, et si la mort est le côté caché aux vivants, alors on peut communiquer avec la part immortelle de soi-même.

Ainsi, cette voix — était-ce la mienne ? Étais-je condamnée à l'éternelle solitude et à la désolation, à la déchirante agonie de cette âme suppliciée implorant mon aide depuis l'au-delà ?

Quelle que soit la décision du Dr Massingale, je n'avais d'autre choix que d'aller à sa recherche, de poursuivre mon investigation jusqu'à obtenir une réponse. D'aller trouver et écouter cette voix gémissante et d'attendre — attendre qu'elle articule un mot dans un langage connu sur lequel je me jetterais telle une affamée sur un quignon de pain.

Charmantes extrapolations.

Mes efforts n'aboutirent à rien.

Je fus renvoyée chez moi.

Si jamais j'avais d'autres symptômes, le Dr Massingale se proposait obligeamment de m'adresser à un psychiatre.

L'ANORMAL EST NORMAL

Au cours de la semaine qui suivit, des rumeurs commencèrent à filtrer de l'hôpital concernant des « irrégularités ». Il me fallut entendre tout cela depuis mon fauteuil de relaxation, mais j'ourdissais un plan pour retourner là-bas et finir mon travail.

Entre-temps, une équipe d'ingénieurs avait exprimé ses inquiétudes sur l'intégrité structurelle du bâtiment à la suite du dernier tremblement de terre. D'autres ingénieurs indépendants ou des entrepreneurs signalèrent des problèmes bizarres du côté des machines et de l'équipement lourd, depuis le fonctionnement défectueux des ascenseurs jusqu'aux pannes de chauffage, de ventilation et de climatisation, en passant par des apparitions dans les scanners et la présence de lutins dans le matériel de laboratoire.

Je connaissais encore quelques patients au service « Plein Soleil ». Certains, comme Mme Kinney, pouvaient me raconter des anecdotes, à la différence des membres du personnel qui avaient peur de parler.

Leur réticence faisait suite à un édit du Dr James (responsable de l'infâme Opération Air Matinal) décrétant qu'inventer ou se faire le complice d'un canular visant à suggérer, directement ou indirectement, que l'hôpital était hanté ou le siège d'une activité paranormale ou surnaturelle, de même que discuter ou répéter des rumeurs en ce sens, constituait une faute professionnelle grave. Le Dr James semblait redouter tout particulièrement que des employés parlent aux journalistes des secousses sismiques localisées et de leurs répliques, sans doute parce qu'elles laissaient des preuves incontestables que le bâtiment s'élevait sur un sol instable. C'est une chose de proscrire toute discussion sur des apparitions ou des docteurs fantômes rôdant dans les couloirs ; c'en est une autre de dissimuler des lézardes réelles dans les fondations ou des ruptures de canalisation.

Cette interdiction tomba après qu'une chaîne, la Wellness America Hospital, eut exprimé son vif intérêt pour l'acquisition du Kingdom Hospital dans le cadre de sa politique d'expansion. Les avocats de l'hôpital indiquèrent au conseil d'administration qu'obligation était faite au vendeur de révéler tout vice caché, aussi déconcertant ou inexplicable fût-il. Lorsque l'acheteur procéda à son enquête, il découvrit bientôt ce que j'avais flairé dès le premier jour où j'avais mis les pieds dans le hall : cet hôpital n'allait pas bien.

Scientifiques, spécialistes et ingénieurs accusèrent des malfaçons, un fautif « feng shui », un glissement de plaques tectoniques, ou même un « syndrome du bâtiment malade » (diagnostic qu'aucun administrateur sain d'esprit n'aurait admis). Cependant, les patients, le personnel et même les visiteurs devinaient que les précoces signes de délabrement, les perturbations et autres dysfonctionnements avaient d'autres causes, plus mystérieuses et effrayantes. Si le Kingdom Hospital était malade, sa maladie était ce que les médecins appellent une « idiopathie », un mal aux origines obscures ou inconnues.

Les consultants en relations publiques firent du boulot formidable en communiquant seulement sur les persistantes rumeurs de bizarreries au sein du plus grand et plus novateur hôpital du Maine. Le journal local et l'hôpital avaient dans leurs conseils d'administration respectifs un certain nombre de membres en commun, en sorte que les comptes-rendus se firent extrêmement déférents. C'est tout juste si on rapporta en abrégé des séismes très localisés et des infirmités structurelles mineures.

Pour leur défense, les experts qui expédièrent ces secousses à l'aide de formules et de tests de résistance n'avaient pas l'intention de tromper le public : ils se leurraient d'abord eux-mêmes, si bien qu'au moment de rencontrer les journalistes, ils croyaient dur comme fer à leurs bobards. Ils recoururent à des théories fumeuses faisant intervenir oscillons, analyses modales, néotectoniques et séismicité focale pour expliquer comment un tremblement de terre pouvait endommager un unique complexe de bâtiments sans être pratiquement remarqué aux alentours. Non dans le but de désinformer, mais parce que la science offrait la seule explication qui permettrait aux patients et au personnel de dormir la nuit.

Des questions demeuraient, et on continuait à les poser. C'est vers cette époque que le Dr James fit à un reporter cette remarque qui allait devenir célèbre : « Ne vous en faites pas, l'anormal est normal », proclamation pour laquelle il fut rondement et justement raillé par le staff.

Tel l'ivrogne de l'histoire qui a perdu ses clés dans une ruelle obscure et les cherche un peu plus loin sous le réverbère parce qu'il y fait plus clair, médecins, scientifiques et ingénieurs qui enquêtèrent sur ces troublantes aberrations cherchèrent des explications là seulement où la raison et la science projetaient leurs faisceaux. S'il se cachait des phénomènes hors nature dans la pénombre, ils ne s'y intéressèrent pas, car apparitions et fantasmes par définition ne génèrent pas des données se prêtant à l'expérimentation scientifique.

La lettre

Confinée chez moi, je guettais l'occasion de retourner au Kingdom Hospital pour reprendre mon enquête et aider la petite, si possible. Enfants, Maddy et moi pensions que, pour l'aider, il aurait fallu connaître son nom ainsi que ce qui lui était arrivé. Mais je savais aussi que si j'essayais de me faire réadmettre là-bas comme patiente trop tôt, j'allais éveiller les soupçons. D'ailleurs, de quoi pourrais-je me plaindre ? De crises d'épilepsie ? Il me faudrait alors reprendre ces fatales petites pilules, qui saperaient mon énergie mentale si nécessaire à mes recherches et à une nouvelle confrontation avec le Dr Rat, s'il réapparaissait.

En attendant, je feuilletai le classeur de Madeline et c'est ainsi que, par une froide après-midi de février — sous un ciel lugubre et tandis que la bise faisait trembler mes carreaux — je découvris ce que la police et les auxiliaires de santé du Kingdom Hospital avaient appelé son « mot d'adieu ».

Ollie et Danny avaient raison : Madeline n'avait pas laissé exactement un mot d'adieu. Elle devait avoir continué à pratiquer l'écriture, au moins comme un loisir, car ces feuillets avaient tout d'une dissertation avec son texte formaté et ses alinéas bien marqués. Si d'autres désespérés expliquent leur geste au monde cruel avec un crayon et un bout de papier, il faut à un écrivain son ordinateur, une imprimante-laser et 10 000 mots pour venir à bout de sa tâche. J'avais déjà parcouru ces feuillets et coupures de presse avant de chercher des notes manuscrites et pensais que Hilda avait dû cacher la « lettre d'adieu ».

En vérité, Madeline avait simplement tenu un journal circonstancié. À la fin, obsédée par le suicide, elle avait écrit sur ce thème. Rien que de très naturel pour les types nerveux et créatifs. Les pages éparpillées sur la table, quand elle avait décidé de faire le grand saut, devaient mentionner le suicide. Lorsque les flics les avaient trouvées, en plus du corps inanimé, ils les avaient qualifiées de « mot d'adieu ».

Madeline adressait la plupart de ses remarques finales à Hilda, la priant instamment de ne donner les papiers concernant Gottreich à personne, et surtout pas à moi.

Je tombai sur les paragraphes faisant allusion à moi-même et recopiés par Ray : « Dieu a donné à Sally Druse une mémoire plus clémente que la mienne. Je ne troublerai pas sa paix avec des souvenirs cruels. » Ailleurs, Madeline commentait sa décision réfléchie de ne pas me parler de notre traumatisme enfantin, en dépit de ses souffrances et du fait qu'elle était hantée par ces mêmes souvenirs. À la vérité, Ray avait oublié de recopier certains passages me concernant, mais jusqu'à présent du moins, ils ne m'apprenaient rien que je n'avais deviné.

Puis, hélas, je découvris les sections auxquels Ray devait faire allusion quand il avait dit que ces papiers étaient trop « troublants » pour être confiés à quiconque.

Ça ne pouvait être pire, n'est-ce pas ?

Si, et pour une autre raison. Les remords. Je m'en voulais de ce que j'avais fait à Peggy Kruger. Dans ses papiers, Madeline relatait le malheur de sa fille, Peggy, celle à qui j'avais parlé au téléphone, celle qui selon Bobby était faible d'esprit et avait si fiévreusement tenté de se blesser après avoir consulté les écrits de sa mère.

Peggy Kruger s'était mariée en juin 1993, à un âge relativement tardif pour avoir des enfants ; elle avait trente-huit ans. Elle s'était inquiétée de son horloge biologique, mais à tort, car elle fut bientôt une heureuse future maman allant subir des examens prénataux à la maternité de l'hôpital. Son époux était le représentant local d'une société de courtage à l'époque où la Bourse était en plein boom. Ils possédaient une petite maison non loin de celle de Madeline, et grand-maman attendait impatiemment sa petite-fille.

Au milieu de l'année 1994, au neuvième mois de sa grossesse, un soir du mois d'août, à 22 heures, les contractions de Peggy augmentèrent et son mari la conduisit au Kingdom Hospital.

Précisons que, après lecture attentive de la suite, il m'apparut que Madeline n'avait pas mis les pieds dans le bâtiment neuf depuis que l'ancien avait été réduit en cendres. Elle n'était sans doute pas pressée d'aller là-bas et de remuer le passé. Mais, à en croire sa relation des faits, elle savait que sa fille allait accoucher au Kingdom Hospital et ne s'en préoccupait pas. Madeline n'avait aucune raison de croire Gottreich encore en vie.

Je me mis à trembler de façon incontrôlable en suivant le déroulement des événements. Comment le Malin avait touché Madeline, puis sa fille, et poursuivi de nouveau la pauvre Madeline jusqu'à ce qu'elle mette fin à ses jours.

La malheureuse Peggy avait eu un accouchement laborieux entrecoupé d'un sommeil agité, peuplé de cauchemars. Au matin, son enfant, une fille, était mort-née. C'était déjà une tragédie en soi. Puis vint ce qu'elle avait raconté à Madeline. Pendant ses couches, et alors qu'elle jouissait d'un moment de sommeil, elle avait fait un terrifiant cauchemar : elle se trouvait dans une église avec son nouveau-né. L'enfant, tout habillé de blanc, attendait le baptême. Soudain, l'orgue retentissait, interprétant une hymne qui faisait trembler les bancs et vibrer les pavés.

Dans le cimetière, il y avait une sépulture béante, dont surgissait un vieillard vêtu de guenilles noires. Chauve, il avait une hideuse balafre blanche à la tête. Il se précipitait dans l'église pour lui arracher l'enfant des bras. La musique assourdissante empêchait ses cris d'être entendus. Elle poursuivait ce vieillard affreux jusque dans le cimetière, où il emmenait le bébé dans la tombe.

Sous ses yeux impuissants, la terre se refermait alors sur eux.

La musique s'interrompait. Peggy se réveilla, et le lendemain matin...

Quelques années plus tard, Peggy regardait par hasard les papiers que sa mère était en train de classer, lorsque, reconnaissant sur une photo le Dr Ebenezer Gottreich, elle avait éclaté en sanglots.

Tremblant de la tête aux pieds, je me signai et serrai le crucifix à mon cou ainsi que mon cristal. Le plus horrible, c'était d'imaginer la pauvre Madeline croyant s'être échappée de ce monde et se réveillant au Kingdom Hospital alors qu'elle savait que le Dr Gottreich y sévissait toujours !

Dieu ne nous abandonne jamais. Il est toujours là. Notre foi nous enseigne cela. À la vérité, je ne pouvais plus regarder ces passages déchirants, mais un autre retint mon attention, en raison du titre : « La Petite Fille. »

Là, Madeline racontait comment la petite fille avait sauvé toutes les personnes présentes dans l'ancien hôpital grâce à sa clochette le jour de l'incendie, en 1939. Elle exprimait le vœu que la fillette ait trouvé le repos. Elle relatait aussi le moment où la petite avait refusé de nous dire son nom, malgré notre insistance.

Ensuite venait une succession de passages où Madeline racontait comment étant enfant, hospitalisée pour cause de coqueluche, elle avait tenté de contacter la petite fille.

Sa grand-mère était tombée gravement malade et avait dû être hospitalisée à la même époque que nous. En lisant ces mots, il me semblait me souvenir de cette vieille dame. Atteinte de consomption, elle sentait la cendre et la bougie, comme si elle avait déjà été dans son cercueil. Comme nous, elle avait une mauvaise toux, mais la sienne était différente. Elle était vieille, et si son mal portait ce nom, c'est qu'il « consumait » les gens.

La grand-mère de Maddy allait mourir. Bientôt.

Mais auparavant, Madeline lui parla de la petite fille. De ses pleurs, infiniment tristes. Cette vieille dame devait croire aux esprits, car elle promit de la chercher quand elle passerait par la vallée qui nous sépare de l'autre vie. Elle demanda à Maddy de lui apporter une bougie à l'heure de sa mort, et dit qu'elle lui montrerait comment joindre ce fantôme.

Madeline décrivait cette séance en détail. Lorsque la vie avait quasiment quitté sa grand-mère, la vieille dame lui demanda d'allumer la bougie. Puis, tenant la main de Maddy, elle déclara : « Je ne serai dans cette zone-frontière que pour un temps très bref. Une lumière resplendissante apparaîtra, qui m'attirera. Mais pendant quelques secondes, je serai dans l'entre-deux. Si la petite s'est perdue là et si je la trouve, j'essaierai de la guider vers la lumière. Si je la trouve, je soufflerai sur la flamme de la bougie. Si elle parvient à me suivre, je soufflerai deux fois de suite. »

J'étais au bord des larmes en imaginant la petite Maddy tenant vaillamment la main de sa grand-mère et guettant la flamme, le signe que la petite fille avait trouvé le repos. À en croire ces notes, elle avait parlé à sa grand-mère après sa mort.

— Tu l'as trouvée ? Tu as trouvé la petite fille, grand-mère ?

La flamme vacilla et se coucha sur le côté.

— Oh, tant mieux ! Tu peux lui montrer la lumière ? Tu peux lui montrer comment traverser et trouver le repos ?

La pauvre enfant contemplait fixement la bougie et attendit jusqu'à ce que l'infirmière vienne l'emmener.

Sa grand-mère s'en était allée et la petite fille était toujours perdue. Sa grand-mère lui avait dit que cela pouvait arriver, car la lumière est magnétique et vous attire dans sa divine chaleur. Les esprits troublés et apeurés ne peuvent la trouver. Ils se perdent dans le Premier État après la mort, où nul ne peut les aider.

À la fin de ce passage, je me sentais comme si on avait touché un nerf sensible à la base de ma colonne vertébrale.

Je me redressai en sursaut, regardai par la fenêtre et criai :

— Lenny !

UNE AUTRE PETITE FILLE

Le lendemain matin, j'étais assise à ma fenêtre avec le journal, à siroter mon thé en me demandant comment j'allais faire pour revoir ce cher vieux Lenny. J'avais téléphoné afin de prendre de ses nouvelles et Brick Bannerman m'avait rapporté qu'il était à peine conscient et déclinait à vue d'œil. Son médecin traitant était le Dr Louis Traff, qui n'allait pas me donner de sitôt la permission de le voir, et Lenny n'était pas assez alerte pour le faire lui-même. J'étais donc momentanément démunie. Il pouvait partir à tout instant et je me devais d'être là. C'était mon alter ego, mon amant, même si aucun document officiel n'avait jamais validé cette liaison. J'avais également besoin de rétablir la communication avec la petite fille en prenant l'ascenseur 2. Depuis combien de temps me réclamait-elle, à présent ? Mais elle n'avait pas encore le courage de s'exprimer avec des mots. Il me fallait connaître son nom, les circonstances de son décès, pourquoi et comment elle en était venue à se perdre entre la vie et la mort, là où les ténèbres sont la seule lumière.

Bobby était en retard, et je commençais à penser qu'il devait avoir demandé à faire des heures supplémentaires, ce qui n'est pas son habitude. Il venait d'acheter un nouvel ordinateur, ce qui signifiait qu'il avait épuisé ses économies pour au moins deux ans, et je ne voyais pas très bien ce qui aurait pu encore le tenter. Effectivement, quinze minutes plus tard il rangeait son pickup au garage et rentrait, l'air plus tourmenté qu'à l'ordinaire.

— Tu es en retard. Tu es allé prendre ton petit déjeuner avec Ollie et Danny ?

— Non, m'man. Ça a été l'enfer, au Kingdom Hospital...

— Que s'est-il passé ?

— Une nouvelle secousse, pour commencer. Puis, la routine : trimballer les gens et nettoyer...

— Je n'ai rien ressenti... Tu sais comme j'ai le sommeil léger. Je n'ai rien ressenti non plus, le jour où Madeline est morte. Comment cela se fait-il ?

— Ça s'appelle des secousses focales. Les structures environnantes ne sont pas affectées. Un sismologue est venu de Berkeley prendre des mesures et voir si on pouvait faire quelque chose...

Je me redressai, soudain alléchée.

— C'est donc un type particulier de tremblement de terre, n'est-ce pas, Bobby ? Pour n'affecter que l'hôpital... Que s'est-il passé d'autre ? Une urgence ? Une fillette en détresse ?

Sa bouche s'ouvrit toute grande comme une porte sortie de ses gonds.

— À qui as-tu parlé, m'man ? Tu as appelé Brick Bannerman ce matin ? Elle t'a parlé des problèmes avec la fillette au bloc opératoire ?

J'étais déjà debout, à rassembler mes affaires.

— Quoi ? Maman ? Qu'est-ce que tu fabriques ?

— Je vais à l'hôpital, Bobby. Faire ma valise me demandera quelques minutes.

— Faire ta valise ?

— Je vais me faire admettre... Je me sens très, très mal. J'ai des picotements dans tout le bras gauche. Des fourmillements, des coups de poignard. Ça pourrait annoncer une nouvelle crise d'épilepsie.

— Tu n'as pas de crises d'épilepsie, maman, rappelle-toi ! Tu n'as rien. On t'a passé en revue. Tes scans sont normaux. Il n'y a plus rien en toi pour provoquer ces crises. Je crois qu'ils ont renoncé à en savoir plus sur ton compte, m'man. Ils te croient juste toquée, pas épileptique.

— Eh bien, je me ferai admettre pour cela et pour mes picotements. Et si c'était la sclérose en plaques, mon Dieu ! Je suis encore jeune ; cela pourrait gâcher le restant de mes jours...

Mona Klingerman

Bobby me conduisit là-bas tout en me donnant des informations sur sa nuit, même s'il n'avait guère prêté attention aux détails de la dernière tragédie médicale en date. Un neurochirurgien, l'une des nouvelles recrues que l'hôpital avait engagées dans sa nouvelle section de neurosciences, avait pratiqué une opération d'urgence sur une fillette au cours de la nuit. Mona Klingerman. Je connaissais son nom, car Renée Klingerman était une riche héritière et apparaissait dans la rubrique mondaine du *Sun Journal*, où elle était généralement louée pour son dévouement au service de nobles causes. Aujourd'hui, la pauvre petite Mona était toujours dans le coma et les médecins redoutaient divers « déficits », dont certains seraient peut-être permanents.

Bobby déclara que le tremblement de terre s'était produit durant, ou peu après l'opération, et que lui et Otto avaient passé le reste de leur garde en bas, à faire le ménage.

Lorsque j'arrivai aux admissions, je fus examinée par un nouveau docteur (de la viande fraîche !), Christine Draper. Je lui déclarai que j'étais gênée depuis presque une semaine par des picotements dans la main et l'avant-bras gauche — un fourmillement pénible, comme si mon bras s'était endormi, après quoi il ne s'était jamais totalement réveillé, comme s'il se trouvait au purgatoire des membres âgés. J'ajoutai que j'avais eu un autre vertige. Plusieurs, et cette fois j'avais failli faire basculer le frigo sur moi. Rapprochant le pouce de l'index, j'affirmai avoir été *à ça* de me fracturer la hanche. Et puis, des palpitations cardiaques, arythmies, douleurs thoraciques.

Le Dr Draper en avait apparemment entendu assez. Elle m'admit pour des examens. Je fus alitée pour vertiges intermittents et elle commanda certains tests pour écarter la sclérose en plaques, le syndrome Guillain-Barré et autres neuropathies sensorielles. Elle prescrivit également une IRM de la tête, pour s'assurer qu'il ne s'agissait pas de séquelles de mon traumatisme crânien.

Après l'IRM, j'allai trouver Lenny au service « Plein Soleil ».

Le pauvre, il était presque sans réaction. Caressant son front, je lui chuchotai à l'oreille que je serais là pour lui. Je téléphonai à Bobby pour lui demander de dénicher un fleuriste et de se procurer un sachet de pétales de rose, car si la situation devait empirer, je voulais être prête. On pourrait les conserver au frigo, si nécessaire.

J'avais gardé, du temps où j'étais bénévole, des contacts avec d'autres patients de ce service ; entre autres, Mme Eileen Kinney, une charmante femme qui se mourait d'un cancer des ovaires. Eileen connaissait son Swedenborg sur le bout des doigts. Elle disait que lire ses descriptions du paradis, c'était pour elle comme lire un récit de voyage concernant un merveilleux site où passer ses vacances.

Nous réunîmes plusieurs autres patients autour du lit de Lenny pour prier et méditer sur ceux qui nous avaient déjà quittés. Je jugeai qu'il valait la peine de tenter de contacter des esprits éventuellement présents. Aussi ai-je tiré les stores et tamisé les lumières. Eileen et moi nous nous sommes mises à ouvrir des lignes de communication, dans l'espoir de découvrir une présence.

Je sentis sa main se crisper au moment où m'apparaissait ce qu'elle-même devinait : quelque chose de froid et presque reptilien était tout près de nous et se rapprochait rapidement, un prédateur spirituel portant le masque de la bête, sans nul doute. Comme il était tout proche, je serrai mon cristal et poussai un cri.

J'étais certaine que nous allions bientôt être aux prises avec Gottreich. Le Dr Rat, avec sa warfarine ou un pic à glace neuf, ou cherchant un petit enfant sans défense.

Je ne pus m'empêcher d'annoncer sa présence aux autres :

— Il est là. Il a des cheveux blonds. Il est grand. Laid. Perdu dans ses ténèbres intérieures. Un homme terrible. Il me veut du mal.

Je manquais d'air. J'entendis la présence à la porte, colérique, bruyante, grossière, pleine de haine et de courroux.

La brute

Ce qui passa la porte me laissa sans voix et à la limite du choc circulatoire. J'eus de nouveau le sentiment d'être morte et tombée en enfer. Étais-je retournée à Boston ? Sally

Druse, es-tu vieille et timbrée au point de confondre les hôpitaux ?

Ce n'était autre que l'odieux Dr Stegman, celui du grand hôpital de Boston, dont il m'avait parlé avec tant d'arrogance. Il y avait... quoi, un an de cela ? Davantage ? Mais comment ? Pourquoi ? Quelle diabolique confluence de marées malfaisantes l'avait fait échouer sur nos rivages ? Et pourquoi un aréopage de médecins, incluant le Dr Hook et le Dr Draper, avec l'infirmière Brick Bannerman ? De nouveau, il plastronnait en aboyant ses ordres, tout comme à Boston.

Je faillis lui demander : *Dr Stegman, ne m'aviez-vous pas dit qu'on ne risquait pas de trouver quelqu'un de votre trempe à Lewisport ? Que faites-vous donc dans le Maine, qui est, sur le plan médical, sur une tout autre planète que Boston, Massachusetts ?*

Mon petit doigt me disait que c'était peut-être à cause d'une disgrâce accélérée par la plainte d'un avocat spécialisé dans les erreurs médicales...

Le voyant foudroyer les autres du regard, j'endossai aussitôt l'entière responsabilité de ce groupe de prière.

Il reporta son regard furieux sur moi, et demanda à Brick :

— C'est elle, Druse ?

La brute m'avait oubliée ! J'aurais dû m'y attendre. Jadis, j'avais été « intéressante » ; puis mon cas avait été cerné, facturé, expédié. À présent, je n'étais plus qu'une vieille mémé excentrique sur laquelle décharger sa bile.

Le drame se déroulant, j'appris qu'il était effectivement

le chef et au bord de l'apoplexie parce que de nouveaux protocoles, instaurés par Sa Majesté, avaient été ignorés, à savoir : le Dr Draper avait demandé un coûteux scanner de ma caboche, sans en référer au secrétariat de Stegman. En outre, Stegman souligna que la requête n'aurait pas été approuvée, mes symptômes étant par trop vagues. Il soumit le cliché à toute l'assistance, soulignant avec mépris qu'il ne révélait absolument rien d'anormal, comme si seuls les scans dénichant des tumeurs malignes au cerveau étaient dignes d'être réalisés. Puis, il donna la pleine mesure de son ire en s'en prenant au Dr Hook qui, je l'appris par la suite, avait prétendu avoir commandé ce scan afin de protéger de Mussolini la dame de ses pensées, le Dr Draper.

Je fus déshabillée devant tout le monde, traitée de simulatrice et menacée. Puis, la brute ordonna au Dr Hook de me renvoyer chez moi au plus vite.

Lorsqu'il partit, je compris que la vie est réellement un rêve, où les personnages passent d'une forme à l'autre, assument des rôles et troquent leurs déguisements sans jamais changer de nature. Stegman était le dauphin, sinon l'héritier direct, de Gottreich.

Aucun d'entre nous ne pourrait respirer librement tant qu'il serait là. Il fallut attendre le départ du Malin pour que nous osions prendre la parole.

Quelqu'un avait alerté Bobby sur ce qui se passait et il vint plus tard, porteur d'une enveloppe.

— M'man, j'avais oublié de te donner cette lettre de ton

amie Claudia. Elle vient d'en envoyer une seconde, et celle-ci est marquée URGENT.

Je hochai la tête et soupirai.

— Bobby, je crois savoir ce qu'il y a dedans. Je les lirai à la maison.

Analyse du son

Je n'avais plus qu'à remballer mes affaires. C'était justement ce que je faisais, lorsque le Dr Draper passa me dire au revoir et s'excuser de la conduite de la brute. Apparemment, Stegman était l'un des neuro-gourous engagés par la direction. J'eus la témérité de demander si c'était lui, par hasard, qui avait opéré la petite Mona Klingman la nuit précédente.

La réponse était évidente, mais ce fut plus fort que moi. Une innocente avait été de nouveau martyrisée, et la petite fille était revenue pleurer et provoquer un tremblement de terre. Cette enfant était désormais mon alliée, et dès lors nous avions deux ennemis mortels : l'un rôdant entre la vie et la mort, et l'autre dans le monde réel. L'ancien et le nouveau Kingdom Hospital.

Mais il y avait autre chose. Une divine surprise.

Le Dr Draper déclara que le Dr Massingale lui avait demandé une faveur — à savoir, m'emmener voir un psychologue expérimental, docteur en psychoacoustique, le Dr Jeremiah Duling, qui avait bien voulu examiner mes tests d'acuité auditive et la cassette enregistrée par mes soins dans l'ascenseur, et serait heureux de me rencontrer pour discuter des résultats. Je crois que les médecins étaient tous un peu désolés pour moi, maintenant qu'on savait comment m'avait traitée le Dr Stegman.

Le Dr Duling avait entendu dire que je me demandais si les sons que j'avais tenté d'enregistrer occupaient le spectre audible au commun des mortels. Il avait fait savoir au Dr Massingale que la situation était bien plus compliquée et méritait une explication.

En chemin, le Dr Draper m'indiqua que, outre un département d'otologie, existait à présent un tout nouveau service de neuropsychologie où des médecins étudiaient la psychoacoustique et la neuroaudiologie. Tout cela entrait dans le cadre de la nouvelle grande politique d'expansion.

Elle me prévint également que le Dr Duling était un scientifique pur et dur, et qu'il était parfaitement possible que ni elle ni moi ne comprenions ce qu'il nous dirait, à moins que j'aie fait des études poussées de psychoacoustique.

— Est-il plus ouvert que ces béotiens à qui on m'a envoyé en otologie ? dis-je.

Elle répondit à ma question en m'invitant à entrer dans le cabinet du Dr Duling, où je vis un imposant bonhomme tout froissé derrière un vaste bureau encombré, flanqué de ce qui ressemblait à un triptyque d'ordinateurs à écrans plats.

Les présentations faites, il ne nous accorda pratiquement plus aucun regard, préférant sortir des documents ou des fichiers sur ses écrans et les scruter de très près — sensation curieuse pour nous, car on ne voyait que l'envers des ordinateurs et son front plissé par l'attention.

Malgré mon envie de protester, je laissai les guides au Dr Draper.

— La patiente présente une légère déperdition auditive due à l'âge. Mais si l'acuité auditive diminue, il existe un phénomène bien connu d'élargissement du spectre auditif chez les personnes âgées, ayant pour résultat une meilleure résolution temporelle. Pour être plus précis, une meilleure discrimination temporelle de structure fine.

— D'aaa-cooord, dit le Dr Draper.

À son air, je voyais qu'elle n'avait pas plus compris que moi, mais j'étais quand même tout ouïe et confiante.

— Y a-t-il des termes profanes pour traduire cela ?

L'autre lui jeta un coup d'œil et aboya :

— Comme elle est vieille, elle peut entendre des trucs qui échapperaient à une oreille ordinaire. Là, ça va ?

— Oui, c'est parfait, dit Draper.

J'acquiesçai en gardant pour moi mes commentaires : *Bien entendu que je peux entendre des trucs qu'une oreille ordinaire ne percevra pas. Je suis médium, pour l'amour du ciel !*

— Elle a également souffert par le passé d'acouphènes. Déchiffrer cette cassette ne nous pose pas de problème. Comme tout un chacun, elle présente parfois le phénomène bien connu d'EOA ou émissions otoacoustiques.

Les yeux du Dr Draper s'écarquillèrent un tout petit peu plus, mais son interlocuteur n'y vit que du feu.

— Ils ont été découverts il y a dix ou vingt ans. Ses oreilles, les nôtres dans les circonstances favorables, émettent un son très bas, soit spontanément, soit en réaction à une stimulation acoustique externe.

— Là encore, une traduction s'impose..., dit-elle.

— Comment dirais-je... Dans certaines circonstances, en utilisant le matériel idoine, il est possible à un scientifique comme moi *d'entendre vos bourdonnements d'oreilles* ! Vous pigez ?

— Passionnant ! dis-je.

— Je suis heureux que cela intéresse quelqu'un. Cela dit, tout ceci serait discutable en ce qui concerne la cassette que vous avez enregistrée dans l'ascenseur, s'il n'y avait eu un accident fortuit. Lorsque vous vous êtes évanouie, votre magnétophone a atterri à quelques millimètres de votre oreille.

— C'est ce que Bobby m'a dit ! (J'avais du mal à me contenir.) Je ne sais pas pourquoi. Je ne crois pas l'avoir fait exprès.

— J'ai examiné la cassette en recherchant les échos très faibles des sons perçus par votre oreille, ainsi que ceux, tout aussi faibles, réverbérés otoacoustiquement et captés par la cassette. Pour être clair, ce sont des sons que vous entendez parce que l'âge vous dote d'une discrimination temporelle supérieure. Nous, les jeunes, ne pouvons les entendre, ce qui signifie que nous ne pouvons pas non plus les réverbérer comme le fait votre oreille. Mais nous, les jeunes, pouvons entendre les très faibles échos de ce que *vous*, vous avez entendu si ces échos ont été captés par le magnétophone. Pigé ?

Même le Dr Draper était assise sur la pointe des fesses, à présent.

— J'ai donc pris votre cassette, en particulier la fin de la bande, et pratiqué ce que nous appelons une analyse fine. On élimine les bruits parasites un par un. On fait une moyenne du signal et on extrait peu à peu le signal de ces bruits.

— Euh... une tradu...

— Non. Je vais vous faire écouter. Est-ce bien cela que vous avez entendu ?

Il cliqua sur sa souris, contempla fixement son écran — et miracle ! J'entendis la voix de la pauvre enfant. Pleurant. Implorant de l'aide depuis l'au-delà. J'avais la chair de poule.

— Il y a trop de distorsions à mon goût, mais c'est ça ?

Le Dr Draper était blême, car la voix désespérée l'affectait comme elle m'avait affectée quand je l'avais entendue pour la première fois.

— Ceci est..., dit-elle.

— ... flippant, si vous voulez mon avis, conclut Duling.

LENNY

À l'heure où je me rendis au chevet de Lenny, il faisait nuit. Il était tard. Un orage se préparait. Mon ami parvenait parfois à avoir des instants de lucidité, mais son souffle était de plus en plus faible. J'eus le culot de solliciter son aide et d'expliquer ce qu'il lui faudrait faire dans l'intervalle suivant immédiatement sa mort.

Je ne pensais qu'à ma mission avant de me rappeler moi-même à l'ordre : il fallait être présente, dans le moment, aussi pénible fût-il.

— Lenny, nous voici au bout du chemin. Mon cher bel amour...

Baisant sa joue, je massai sa peau parcheminée avec de l'huile d'eucalyptus et de menthe verte. Cela le fit sourire. Je savais qu'il était encore là.

Une dernière fois. Pour l'éternité.

Tout était calme dans le service ; on n'entendait que le bip discret de sa pompe à morphine, et la neige rabattue contre la fenêtre.

Il détourna la tête, comme si Lenny le combattant ne voulait pas montrer son visage à une vieille femme.

— C'est toi, Sally ?

— Oui, je suis là.

— Où étais-tu passée pendant toutes ces années ?

Il gloussa, mais je vis une larme perler.

— Je chassais les fantômes, Lenny.

— Toi et tes fantômes ! dit-il en riant.

— Oui, Sally et ses fantômes...

— Comme je vous ai aimés, toi et tes sacrés fantômes...

— Mes sacrés fantômes...

Je me mis à le couvrir de pétales de rose, à le coiffer, à toucher tendrement son corps, pendant qu'il était encore temps.

— Tu veux faire l'amour dans un fauteuil ?

Il n'avait rien perdu de son humour, mais sa respiration était celle d'un agonisant, entrecoupée, ponctuée de moments alarmants d'immobilité absolue, durant lesquels j'avais peur qu'il ne soit déjà parti.

— Une fois, une seule...

— Une fois, mais ça valait le coup.

Je sentis une secousse ébranler le bâtiment. Je n'avais plus de pétales ; il en était recouvert.

— C'est le grand moment, hein ? Les Japs ne m'ont pas eu, et regarde où j'en suis, foutu...

— Tu as peur ?

Il me sourit.

— Un peu.

— N'aie pas peur. Tu vas tout simplement rejoindre tous ces sacrés fantômes. Je te rejoindrai bientôt... une vieille folle comme moi !

— Sally, entends-tu la cloche... ?

Je prêtai l'oreille, et effectivement un très faible tintement me parvint.

— Tu veux toujours que je trouve cette fillette ?

— Oui.

Sa bouche s'ouvrit, et il ne bougea plus.

— Lenny ?

De nouveau il sourit, et son diaphragme tressauta pour aspirer un filet d'air.

Je sortis ma bougie et la posai sur le plateau.

— Lenny, souviens-toi de ce que je t'ai dit au sujet de cette bougie. Lorsque tu passeras de l'autre côté, tu seras dans le Premier État après la mort, un espace qu'il faudra traverser pour atteindre la lumière. Si j'ai raison, la fillette que je cherche est là. Elle n'a pas poursuivi son chemin et j'ignore pourquoi. Je ne sais même pas son nom. Tu verras une lumière — une belle lumière éclatante. Tu voudras entrer dedans. Mais n'en fais rien ! Pas tout de suite ! Appelle-la ! Attarde-toi dans cet espace, Lenny. Mets-la en contact avec moi. Dis-lui de souffler sur la bougie si elle m'entend. Elle refusera de se laisser conduire par toi vers la lumière, mais dis-lui que je désire l'aider, si elle y consent. Je sens que nous sommes sœurs. Dis-lui qu'il me faut connaître son nom. Je dois découvrir ce qui lui est arrivé.

La mâchoire de Lenny s'affaissa et il tomba dans une immobilité complète.

Je soulevai sa main et la baisai, des larmes roulant sur mes joues.

— Lenny, tu es toujours là ?

Rien. Puis la flamme de la bougie pencha.

J'étais couverte de chair de poule, tremblante d'émotion.

— Lenny, est-elle là, Lenny ? La petite fille est-elle là ?

Une fois de plus, la flamme vacilla et se déporta.

— As-tu vu ma petite fille, Lenny ?

Oui, dit la flamme.

— Peux-tu lui parler ?

Une longue seconde, ou deux, sans rien. Je savais que ce moment ne pouvait durer. Lenny allait passer de l'autre côté.

— Lenny, demande-lui de souffler sur la bougie deux fois, si elle peut m'entendre. Lenny ?

L'obscurité parut s'ouvrir à mes pieds sur un gouffre béant séparant l'ici de l'au-delà. Un long silence, puis la chandelle vacilla à deux reprises.

Le temps s'arrêta au moment où je vis cela. J'avais pris contact avec la fillette, un esprit de l'au-delà, la voix que j'avais entendue lors de mes voyages dans la zone-frontière.

— Mon enfant, je sais que tu m'entends. Et je sais que je peux t'entendre. Nous sommes sœurs, je le sais...

Mon regard fixa la flamme.

— M'entends-tu toujours ?

La flamme s'inclina, comme si un être vivant soufflait dessus.

— Mon enfant, dans la mort, quand nous allons vers la lumière, nous traversons un lieu où nous redécouvrons tous les moments de notre vie en les associant librement sous la forme de rêves éternels. Mais j'ai peur que ton rêve soit un terrible cauchemar, mon enfant, qui t'empêche d'aller vers cette lumière. C'est pourquoi je désire t'aider, ma chérie. Mais je ne le pourrai pas, si je continue à ignorer ce qui t'est arrivé. Peux-tu me le dire ? Peux-tu me dire ce qui t'est arrivé ?

De nouveau la flamme pencha, comme pour me répondre.

— Oui ? Oh, mon Dieu... Qui t'a fait du tort ? Quelqu'un qui aurait fait le serment de soigner son prochain ? Est-ce pour cela que tu hantes ces couloirs ? Était-ce un médecin ?

Whoosh, un souffle puissant éteignit complètement la chandelle. Du verre se brisa et je sentis une froide aura traverser la pièce. Une bouffée maléfique qui me fit trembler.

Je regardai autour de moi, mais n'entendis qu'un rire, l'esprit malin d'un jeune garçon à en croire cette voix.

— J'ordonne à cet autre esprit de nous laisser. Laisse-nous tranquille ! Je ne te crains pas ! Pourquoi m'empêcher de lui parler ? De quoi te mêles-tu ? Laisse-nous en paix !

Le rire méchant résonna de nouveau. Puis, les pleurs navrants de la fillette me déchirèrent le cœur.

Le Malin déclara :

— Je te salue Marie, pleine de disgrâce. Le Seigneur t'a abandonnée. Le Seigneur a abandonné la petite Marie dans la vallée de l'entre-deux.

— Marie ? dis-je, et j'entendis ses pleurs angoissés dans la nuit. Est-ce ton nom, Marie ?

Je rallumai la bougie. La flamme parut trembloter momentanément, puis se stabilisa.

— Est-ce ton nom, mon enfant ? Marie ?

Un souffle doux coucha la flamme. Une seule fois.

— N'écoute pas le Malin, mon enfant. Je ne t'abandonnerai pas, et le Seigneur non plus. Je vais t'aider, Marie ! Regarde ! Nous pouvons nous entendre. Ta voix est réelle, je l'entends. Je découvrirai bientôt ce qui t'est arrivé et comment tu t'es perdue.

Pendant un instant, je me tins hors du temps, à la façon décrite par les grands mystiques. Le temps m'apparut comme atomes et vagues, une vaste collection de secondes, innombrables comme les molécules d'eau dans tous les océans de la terre, et aussi comme un simple moment éternel indivisé, une mobile image de l'éternité.

Je savais que l'enfant pleurait depuis l'au-delà contre les crimes de la science. Contre la souffrance des innocents. Contre la douleur de quelques-uns au nom d'un Bien supérieur. Le Mal sera toujours parmi nous, mais toi et moi, Marie, nous opposerons résolument à Lui, ici et maintenant, dans le lointain passé comme dans l'avenir. Avant que notre tâche ne soit achevée, il nous faudra peut-être remonter encore plus loin dans le passé, jusqu'au lieu où le Diable t'a touchée, ma chérie.

— Je te promets, Marie, que tu ne seras pas seule.

Eleanor Druse
2 novembre 2003
Lewiston, Maine

Composition IGS-CP
Impression : Imprimerie Bussière, février 2005
Éditions Albin Michel
22, rue Huyghens, 75014 Paris
www.albin-michel.fr
ISBN : 2-226-15984-3
N° d'édition : 23420 – N° d'impression : 050897/4
Dépôt légal : mars 2005
Imprimé en France